厳しい女上司が高校生に戻ったら俺にデレデレする理由

Why is my strict boss melted by me ?

2

「ビワ、
七のすけのこと
気に入ったんだケド」

「え？」

「なになにー
二人で仲良く
おしゃべりー？」

「別に、
上條透花には関係ないんだケド！
ちょっと七のすけ！
くっつきすぎじゃない？」

Character
中津川
奈央
Nao
Nakatsugawa
上條透花
田所
鬼吉
Onikichi
Tadokoro
下野
小冬
Kofuyu
Shimono

左近司
琵琶子
Sakonji
下野七哉
Nanaya Shimono

Contents

WHY IS MY STRICT BOSS MELTED BY ME ?

厳しい女上司が高校生に戻ったら俺にデレデレする理由２
～両片思いのやり直し高校生生活～

徳山銀次郎

カバー・口絵　本文イラスト

よむ

プロローグ

Why is
my strict
boss
melted
by
me ?

「まだ残業、終わらないの？」

「す、すみません！　もうすぐ終わりますので！」

　窓の外はすっかり暗くなっている夜のオフィス。

　俺《おれ》、下野七哉《しものななや》は大量の残業に追われていた。

　定時をとうにすぎた静かなオフィスに残っているのは二人。

　デスクに向かって必死にキーボードを叩《たた》いている、平社員の俺と……。

　厳しい女上司、上條透花《かみじょうとうか》課長である。

　課長は俺のすぐうしろで、まるで看守のようにこちらを監視している。コピー機によりかかっている彼女の滑《なめ》らかな腰のラインは、そのままタイツで包まれた綺麗《きれい》な脚へとつながる。セクシーだ。

　モデルのように完璧《かんぺき》なスタイル。そしてアイドルのような小顔に、整った目鼻。長く透き通る黒髪からは甘く艶美《えんび》な香りを漂《ただよ》わせている。

　そう、俺の女上司は超絶な美人なのだ。

「まったく、早くしなさいよね」

が、しかし、どんなに美人だろうと、上司は上司。彼女から発せられる圧で、背中にびっしりと冷や汗をかきながら俺はエクセルと格闘する。ただでさえ事務作業は苦手なのに、課長にこう張り付かれていたら、緊張で仕事のペースは下がる一方だ。

課長はなにかを念じているかのようにジッとこちらを見つめている。

一切《いっさい》表情も変えない彼女は、いったいなにを考えているのだろうか。こいつのせいで終電なくなってしまう、なんて思われているのだろうか。いや、でも、課長は会社のすぐ近くに住んでいるから、確か電車は使わないはずだ。

だからといって、いつまでも残業に付き合わせるわけにはいかない。管理職ゆえ、部下が全員帰るまで残る上司のかがみ。厳しいところはあるが、彼女は部下思いなのだ。

「もう少々、お待ちください」

俺が焦《あせ》りながら課長に言うと、

「終電なくなっちゃうわよ。時計見なさい」

なんて返ってくるので俺は壁にかかった時計を見る。

すでに十二時をすぎていた。

「あれ？　おかしいな、そんなに残業してたっけ」

感覚的にまだ定時から二時間も経《た》っていないと思っていたのだが……。

緊張で体内時計に異常をきたしてしまったか？　この時間だともう終電は間に合わない。

「なに寝ぼけたこと言ってるの。もういいわ、今日はここまで。帰りましょう、下野くん」

そう言って、課長はふいにパソコンの電源ボタンを直接、指で押す。

「か、課長なにやってるんですか！　そんな乱雑な電源の切り方したら――」

と、言葉を口に出したか出していないか曖昧《あいまい》なまま、パソコンの画面と一緒に俺の視界がプツンとブラックアウトした。

なにが起こったのか理解する間もなく、気付くと俺はベッドの上に座っていた。清潔感のある綺麗なベッドだ。香水を振ったような、いい匂《にお》いがする。

辺りを見回してみると、俺はマンションの一室にいた。生活感があるので恐らく誰《だれ》かが住んでいる部屋だろう。

ベッドの向かいには部屋の出入口となるドアが一枚。その奥からかすかに水の跳《は》ねる音がしている。

ジャーっと、ドア越しで継続的に聞こえてくる。

ここが誰の住む部屋なのか、俺は不思議と理解していた。

恐る恐る、ベッドから立ち上がりドアを開く。そのまま音をたどりながら廊下を歩き、洗面所の扉を開ける。

奥にはバスルーム。

すりガラス越しに、S字を描いた綺麗な女性のシルエットが映っている。

俺の心臓がバクバクと大きく脈を打ち始めた。

「下野くん？」

シャワー音に混じり、耳心地のいい声が響いた。

エコーがかかっているせいか、やけに妖艶《ようえん》に聞こえる。

「か、課長？　あの俺なんで課長の家に……？」

「なに言ってるの……今さら。それより、一緒に入る？」

「!?」

俺は耐えきれなくなり駆け足で、ベッドのある部屋へと戻った。

手から尋常じゃないほどの汗が噴き出てくる。

なんだ。なんなんだこの状況。いったい、なにが、どうなっている。

俺はフラフラしながらも、かろうじて正気《しょうき》を保ち、再びベッドへと腰かける。

これは、つまり、そういうことなのか？

なぜ俺が課長の部屋にいるかはわからない。残業からの記憶が飛んでいる。だけど、そんなこと、もう、どうだっていい。

これは、いわゆる……。

お泊まりなのか――？

俺はここで初めてを……好きな女性と……。

混乱と期待が渦巻《うずま》く中、キュッとバルブの閉まる音が鳴った。

心臓がもう破裂してしまいそうだ。

部屋のドアがゆっくりと開く。

開かれたドアの先には、髪を濡《ぬ》らした上條透花がバスタオル姿で立っていた。部屋中にシャンプーと彼女の甘い匂いが、蒸気となって一気に充満する。

手が震える。あまりの綺麗さに全身の感覚が麻痺《まひ》し始める。

が、そんな俺のことなどおかまいなしに、課長はゆっくりとこちらへ近づいてくる。

そして、まだ乾ききっていない濡れた手のひらが、俺の肩をポンと優しく押した。

あっという間に俺はベッドに仰向《あおむ》けとなった。

そこへ覆《おお》いかぶさるように、課長が体を寄せる。

「下野くん……」

「か、課長……」

「……いいよね？」

俺の耳に課長の吐息がかかった。

水をはじく柔らかな肌がピトっと俺の体に密着する。とても熱い。課長の体温が伝わる。

タオル越しに感じる課長のふくよかな胸。絡《から》みつく太もも。

ああ、これが初体験。これが幸せということか。

「はい。俺もずっと、課長のこと好きだったんです」

俺は課長の問いに、そう答えた。

「え？」

彼女がこちらを見る。とても不思議そうに——。不思議そうに？

「どうしたんですか課長」

「好き……？」

「……え、え？」

「私、別に下野くんのこと好きじゃないわよ」

「え、え、え、え？」

「弟みたいな感じにしか思ってないけど？」

「え、え、え、え、え、え、え、え？」

「でも私、年下のかわいい子は好きよ。並木《なみき》くんも、木島《きしま》くんも、前島《まえしま》ちゃんも。みーんな、かわいくて——美味《おい》しかったわ」

「えええええええええええ!?　え！　え！　てか前島ちゃんも!?」

「下野くんも、いいよね？　食べちゃって」

「うわあああああああああああああ！」

「こんなの俺の課長じゃない‼」
叫びながら俺は自室のベッドで目を覚ました。
気付けば俺は号泣していた。
くそぅ、夢か……うう、夢でよかった。
人生史上、最悪の夢だ。トラウマもんだ。
俺は涙を拭《ふ》きながら、深呼吸をする。
起きてみればあり得ないことの連発だった。
ていうか、オフィスにいる時点で夢だって気付くべきだったのだ。
なんせ今の俺は、二十七歳のサラリーマンではなく――――。
十六歳の、高校生なのだから。

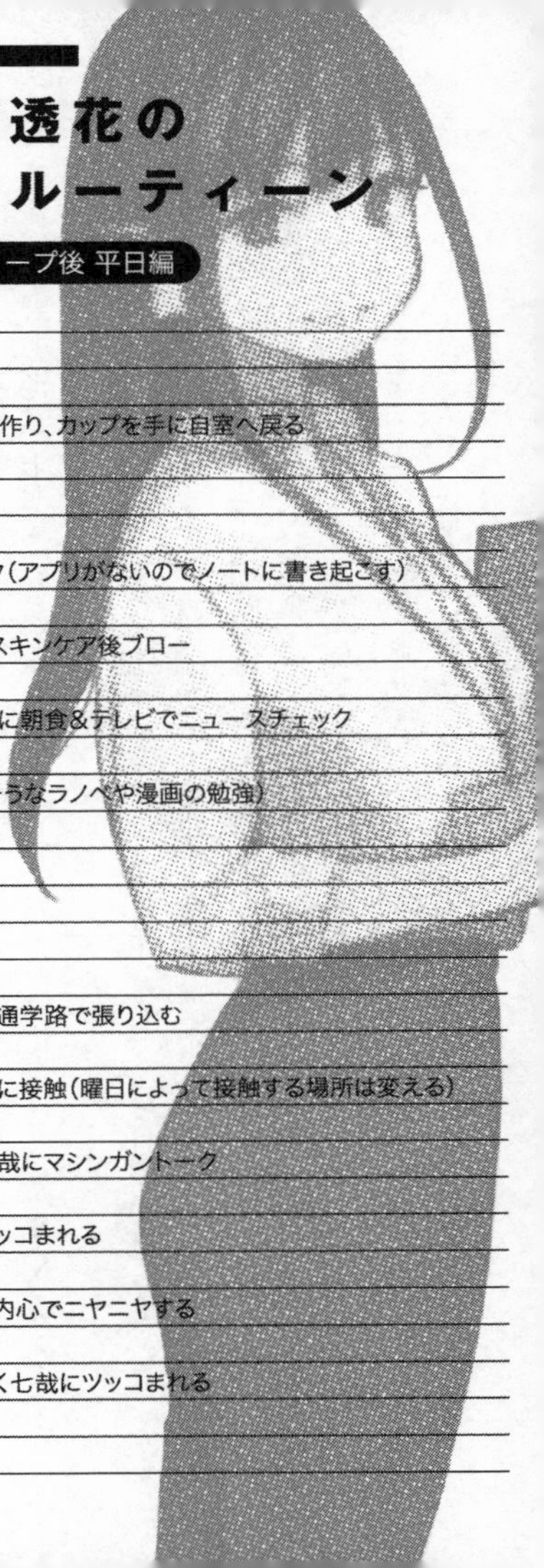

上條透花のモーニングルーティーン

タイムリープ後 平日編

AM 05:30	起床&歯磨き
AM 05:35	キッチンにてホットミルクを作り、カップを手に自室へ戻る
AM 05:40	机に向かい予習開始
AM 06:30	軽くシャワー&体重チェック(アプリがないのでノートに書き起こす)
AM 06:45	タオルドライのまま洗顔&スキンケア後ブロー
AM 07:00	起きてきた兄の唯人と一緒に朝食&テレビでニュースチェック
AM 07:30	10分間読書(七哉が好きそうなラノベや漫画の勉強)
AM 07:40	ヘアスタイリング
AM 08:00	登校開始
AM 08:10	わざわざ遠回りして七哉の通学路で張り込む
AM 08:15	偶然を装い、登校中の七哉に接触(曜日によって接触する場所は変える)
AM 08:30	前日準備していたネタで七哉にマシンガントーク
AM 08:31	マシンガンすぎて七哉にツッコまれる
AM 08:32	ツッコむ七哉もかわいいと内心でニヤニヤする
AM 08:33	普通にニヤニヤしてたらしく七哉にツッコまれる
AM 08:35	学校着

第1章 高校生は夏休みが長い

Why is my strict boss melted by me ?

高校生に戻ってから二ヶ月がすぎた。

母校である甘草南《あまくさみなみ》高校の校門をくぐれば、うるさいほどにアブラゼミの鳴き声が響き渡っている。

七月——季節は夏だ。

俺《おれ》、下野七哉《しものななや》は二十七歳のしがないサラリーマンだった。仕事はドジが多く、なかなか主任にもなれない平社員。

そんな俺は、ひょんなことから十一年前へとタイムリープし、二度目の高校生活を送っている。十六歳の一年生。まさに高校時代の三年間をまるまる満喫できる歳《とし》だ。

タイムリープの原因は不思議な神社に「好きな人との出会いをやり直したい」と願ったこと。好きな人とは二十八歳で課長職まで上り詰めた超優秀な女上司、上條透花《かみじょうとうか》のことだ。彼女は非常に仕事熱心で、色恋ざたにもまったく興味を示さない厳格な女性。部下である俺が彼女に近寄ることなど不可能だと諦《あきら》めていた。

しかし、幸いなことに彼女とは同じ高校出身。不思議な神社のおかげで高校時代にタイムリープした俺は後悔をやり直す機会を得たのだ。上司となってしまった上條透花を落とすことは無理でも、接点がない高校時代の彼女ならまだチャンスはあるはず。しかもこっちは十一年分も人生経験を多く積んでいるチート能力付きなのだ。

大人の魅力で、高校生の上條透花を落としてやる。そう思っていた俺だったが……。


「七哉く～ん！」


うだるような暑さを一気に吹き飛ばす清涼感溢《あふ》れる声が、俺の背中に向かって響いた。

白い肌と黒い髪の綺麗《きれい》なコントラストを爽《さわ》やかな夏服が美しく彩《いろど》っている。

校内一といっても過言ではない美少女、上條透花（十七歳）が俺の前へと現れた。

「課長、おはようございます」

「学校で課長って言うな！」

容姿だけ見れば、上條透花（十七歳）なのだけれど、彼女の中身は、上條透花（二十八歳）。

そう、俺のよく知る上司の課長も、不思議な神社の影響で一緒にタイムリープしてきたのだ。

くー、課長も一緒にタイムリープしてたら大人の魅力なんて通じるわけないよ。だってタイムリープする前の部下と上司という関係性が一切《いっさい》変わってないんだから！

いや、一つだけ変わったことはある。

「今日はとうとう終業式だね、七哉くん！」

ピトっと課長が俺の腕にその白い肌を密着させた。ただでさえ暑くてのぼせそうな俺の体温が急上昇する。

なぜかタイムリープしてから、課長が俺に対してデレデレなのだ。理由はわからないが、恋愛経験がない童貞の俺にこんな僥倖《ぎょうこう》、耐えられるわけもない。ゆえに、

「課長、暑いです。夏ですよ？」

ラブコメヒロインばりのツンデレをしてしまうのである。かわいい女子か俺は。

「そうよ？　暑いのは夏のせいで、私のせいじゃないでしょ？」

ちょっと前までは俺がこのようなツンデレなツッコミを入れるとすぐキレてきた課長だったが、最近はやけにしぶとくなっている。これは高校時代に戻ったことをキッカケに課長と親しくなってきた証拠なのか、それとも弟的な立ち位置が固まり始めた兆候《ちょうこう》なのか。

女心に疎《うと》い俺ではこの謎《なぞ》を解くことはできない。

「それより七哉くんは夏休みの予定決まった？」

「夏休みの予定？　夏休みって予定を作るものなんですか？　仕事や学校の予定がないから休みなんじゃないんですか？」

「あなたって人は……今、私たちは高校生なのよ？　わかる？　高校生の夏休みってどれくらいあると思ってるの？　会社と違うんだから。お盆休みの五日間で終わりじゃないのよ。

なにも考えないで虚無《きょむ》な一ヶ月をすごすつもり？」

「そう言われると確かに。そうか……高校生の夏休みって長いんだ。こんなに長い休み、社会人じゃ考えられない。大学ぶりのバカンスか……、うおー！　なんかテンション上がってきた！」

「ていうか社会人でもお盆休みは予定を立てるもんだと思うけど普通」

「たった五日そこらで予定なんて立てます？　実家帰って、墓参り行って、スイカ食べてたら気付けばデスクの前ですよ。あの瞬間が人生で一番つらい……」

思い出したくない過去だぜ。いや、未来か。

「実家帰るなら地元ってことでしょ？　それこそ今この時代に通ってる高校の友達で十一年後の未来も地元に残ってる子だって多いでしょうし……お盆休みに遊ぶ相手くらい、いないの？　そ、その、クラスメートの女の子とか」

「いませんよ。幼馴染《おさななじ》みの奈央《なお》ですら、卒業したあとは海外行っちゃって疎遠になったって話したじゃないですか」

「そっかー。そうだよねー。七哉くん女子との付き合い苦手だもんねー。いるわけないかー」

なにこの人、めちゃくちゃ煽《あお》ってくるんですけど。めちゃくちゃ満面の笑みで煽ってくるんですけどー。会社で管理職向けのハラスメント講習受けたんじゃないの？　それとも、今は会社員じゃないからパワハラし放題ってわけ？　え、なにこの人ーめちゃくちゃムカつくんですけどー。

「はいはい、どうせ俺は盆も正月もゴールデンウィークですら実家ですごす寂《さび》しいサラリーマンですよ」

「だから今はサラリーマンじゃなくて、高校生でしょ。もー、しょうがないなー七哉くんは。じゃあ、透花お姉さんが七哉くんのために夏休みの計画を立ててあげるね」

「え、こわ。やめてくださいよ課長。高校生に戻ってまで休日出勤したくないですよ。夏休みくらい遊ばせてください」

「どうしてあなたはそうマイナスにとらえるのよ！　夏休みなんだから遊びの計画に決まってるでしょ！」

そう言って課長は胸の前で腕を組む。ちょうどいいサイズの胸がその腕にのっかるスタイル。通称パイハラだ。俺だけの通称だけど。

「まさか課長の口から遊びなんてワードが出てくるとは……」

「ねえ、ちょっと、あなたの中で私ってどんなイメージを持たれてるの？」

「仕事人間」

カバンで太ももを攻撃される。

「あなた本当、高校生に戻ってから平気で私の悪口言うようになったわね」

「なに言ってるんですか！　褒《ほ》め言葉じゃないですか！」

「どこがよ！　仕事人間て完全にバカにしてるじゃない！」

「なんでですか！　仕事人間の対義語を考えてみてください。遊び人ですよ？　遊び人なんて言われて嬉《うれ》しいですか？　それこそ悪口でしょ」

「まあ、遊び人とはあまり言われたくないわね」

「ほら。じゃあ、反対の意味になる仕事人間は褒め言葉でしょ？」

「確かに……ってなるかバカー！」

小っちゃい手をグーに握って振り上げる課長。

そんなこんなをしてるうちに俺たちは昇降口へと着いていた。下駄箱《げたばこ》の位置が学年ごとに違うので、俺は課長にペコリと頭を下げ挨拶《あいさつ》。

「では、お疲れ様です、課長」

「学校で、お疲れ様ですって言うな！」

「すみません、つい癖《くせ》で」

「二ヶ月も経《た》って直らない癖なんてわざと以外のなにものでもないでしょ！」

「てへぺろ」

「ごまかすな！」

最近、課長を怒らせるのも悪くないと気付いた下野少年なのだ。そんな調子こいてる俺に課長は人差し指を立てて続けた。

「とにかく。明日、夏休みの計画を立てるから駅前のハンバーガーショップに集合ね。いい？ これは業務命令なんだからね！」

「上司の圧力！ 都合のいいときだけ！ わかりましたよ。業務命令なら従います。俺は課長の直属の部下ですからね」

「よろしい！」

満足気な笑みを浮かべて課長は二年生の下駄箱の方へと姿を消すのだった。俺もたいがいだが、彼女もよっぽどラノベヒロインみたいだ。すごいこの時代にフィットした既視感のある光景だったぞ。

ああ、そういえば、一つ大事なことを言うのを忘れていた。

俺の上司はかわいいのである。

◆

「ってな夢を見たんですよ」

「なるほどねえ。ちょっと夢の内容が僕的には複雑な気分だけど……。まあ、それは置いといて……好きな女性から自分が恋愛対象として見られていない夢を見て、君は余計に自信をなくしてしまった。そういうことだね、下野くん？」

迎えた夏休み初日。

昼どきのピークが落ち着いた駅前のハンバーガーショップで、俺は尊敬する恋愛メンタリストＹｕｉｔｏ先生とポテトをつまんでいた。駅前のロータリーが見渡せる二階のテーブル席だ。

Ｙｕｉｔｏ先生とは俺がサラリーマンだった元の時代で活躍している、恋愛メンタリズムなどの心理学講座動画を投稿するユーチューバーである。偶然にもタイムリープしたこの時代で若かりし頃《ころ》の彼と知り合うことができ、俺はたびたびこうやってＹｕｉｔｏ先生……いや、唯人《ゆいと》さんに恋愛相談を聞いてもらっているのだ。まだユーチューバーとしての活動はしていないものの、大学で心理学を専攻しているらしく、その観察眼はすでに大学生のそれではない。

「はい。夢って深層心理がどうたらって言うでしょう？」

俺は先日見た夢の内容をかいつまんで唯人さんに伝えた。もちろん夢の中で社会人だったことは上手《うま》く省略している。俺と課長がタイムリープしていることは誰《だれ》も知らないのだ。

「そうだね。夢と無意識の関係性は僕もそこまで詳しくはないけれど、そんな夢を見るなんてよっぽどだ。なにか相手方がどうというより、君自身がどうも女性に対して苦手意識が強いように見える。なにかコンプレックスでもあるのかい？」

「うーん、別にコンプレックスがあるってわけではないんですが、こうもモテない人生が長く続くと、自然に自信をなくすというか……」

「ん？　君まだ十六歳でしょう？　君くらいの歳なら恋愛経験が少ないことなんて珍しくもないと思うけど」

「あ、はい！　まあ、そうなんですけどね！　あはは！」

やばい、やばい。唯人さんもまさか目の前の男子高校生が実は自分より年上のおっさんだとは思わないだろうけれど、発言には気を付けなければ。

俺はポテトの脇《わき》に置いていたコーラを手に取り、焦《あせ》りで乾いた喉《のど》を潤《うるお》した。

「下野くん、今のままじゃ、たとえ相手の女子が君を好きで両思いになれたとしても、交際は長く続かないだろう。相手の些細《ささい》な言動にいちいち一喜一憂していては君の精神が持たないよ」

「さすが唯人先生、よくわかってらっしゃる。そうなんです。奇跡が起きて、もし付き合うことができたとしても上手くいくビジョンがまったく見えない。やっぱり俺には釣り合わないんですよ」

「それがいけない！」

唯人さんがパチンと指を鳴らして爽やかイケメンスマイルで俺を見た。

「と、言いますと？」

「君は相手の女子に引け目を感じすぎている。釣り合わないと自信をなくしてしまうのは、もうこれは君の性格上、しかたのないことだろう。前も言ったけれど謙虚《けんきょ》なことは悪いことではない。むしろチャームポイントだ。しかし君はあまりに自分の中で相手との格差を設定しすぎてしまっている」

まあ、元は上司と部下だし、しかも役職でいうなら課長と平社員。格差があるのは当然だ。

「でも唯人先生、事実、能力的な格差があるんです。それはそう簡単に埋められないと言いますか……」

「能力とは人の個性さ。その距離を無理して縮める必要はないんだよ。それよりも、もっと大事で、かつ手軽に差を埋められるものがある」

「本当ですか⁉」

「ああ。恩ポイントさ」

「恩ポイント……？」

大型ショッピングモールが運営しているポイントかなにか？

「下野くんの話を聞くに、君はその女子から多大なほどこしを受けているんじゃないかな？とても大きな恩を感じている」

「はい、確かに。彼女には感謝してもしきれないくらいお世話になっています」

小さなことから大きなことまで、幾度《いくど》となく仕事のミスをフォローしてもらい、助けてもらった。課長がいなければ営業なんていうハードな仕事は俺に務まらなかっただろう。

「その恩は蓄積《ちくせき》され、次第に尊敬という名の枷《かせ》となってしまった。君が彼女に恩を感じれば感じるほど、そこに縦の距離が生まれてしまうんだ。しかし、恩というのは受動的なもの。貯まったポイントをマイナスすることはできない。だったら、どうするか？　下野くん自身が彼女への恩ポイントを貯めればいいんだ。同じくらいまでとはいかなくとも互いの恩ポイントが近くなるほど、君は自信を持てるに違いない」

な、なるほど。今まで課長に恩ばかりを感じていたが、それと同じくらい俺が課長のためになにかしてあげれば、少しずつ対等な立場に近付ける。部下が上司になにかしてあげるだなんて考えるのは、少しおこがましいかもしれないが、難しく考えず恩返しととらえればいい。

「確かに俺は今まで、彼女が俺のことをどう思っているのかと受け身なことばかり考えていた気がします。そうじゃなくて自分がどう動くか……それが大事なんですね」

「うんうん。それに人はなにかしてもらったら、お返しをしなければという心理が働き、相手のことが気になってしまうものなんだ。これも立派な恋愛テクだよ子羊くん」

くー、出たぜ！　恋愛メンタリズムＹｕｉｔｏの決めゼリフ！「恋愛テクだよ子羊くん」を生で聞けるとは！　この頃からすでに口癖だったんだな！

「ありがとうございます！　唯人先生！」

「あはは、先生はよしてほしいな。僕ただの大学生だし。あ、まずい、もうデートの時間だ。悪いね下野くん僕はこれで失礼するよ」

そう言って彼は席を立ち、自分のトレーを持った。

「すみません時間いただいちゃって。俺このあともここで用事あるんでトレー置いといていいですよ。俺のと一緒に片付けておきます。時間ないでしょう？」

「ん、そうかい？　ありがとう。ふふ、君は本当に細かく気がきくなあ。まるで高校生とは思えない。いい男だね」

唯人先生は俺の肩をポンと叩《たた》いて、優しく耳元で囁《ささや》いた。え？　なに、この感情。唯人さん好きになっちゃう！　もともと好きだけどね！

俺は目をキラキラさせながら唯人さんを見送った。

課長への恩返しか……。なにか役に立てることあるかな。なんて思いながらポテトをつまんでいると、一階につながっている奥の階段から、見覚えのある顔が現れた。

派手な金髪。高い位置でまとめているツインテールの両先は、ボリューミーに縦ロールで巻かれ、低い身長とほぼ変わらないほどの長さだ。ギャルの権化《ごんげ》とも呼べるそのファッションは髪型に負けじとド派手。ダボっとしたピンクのパーカーシャツは太ももの位置まで丈《たけ》があり、恐らくその下に履《は》いているであろうホットパンツの生地《きじ》がほとんど見えない。パーカーのポケットには携帯が入っているのだろうか、ジャラジャラと大量のストラップが垂れ下がっている。小柄な体格に比例して顔は幼く、メイクは濃いが正直に言ってかわいい。

こんな俺とは無縁そうなギャルの顔になぜ見覚えがあるのかというと、彼女が甘草南高校の生徒だからだ。

彼女の名前は左近司琵琶子《さこんじびわこ》。課長と同じ二年生で、課長とは違うベクトルのカーストトップ。いわゆる陽《よう》キャ界の女王。ギャルJK界のインフルエンサー。

俺ですら一度目の高校時代から知っていたほどの有名人だ。

その左近司先輩がトレーにドリンクを一つだけのせて、二階のフロアへとやってきた。辺りをキョロキョロと見回し、空《あ》いている席へと座った。

いつもはたくさんの取り巻きを連れて歩いているのに一人とは珍しい。しかしたった一人でも放たれるオーラがまるで違う。あんなに小さい体が、錯覚《さっかく》で大巨人に見えてしまう。

つい俺がジッと彼女の様子を観察していると、ふいにパチリと目が合ってしまった。ヤバい！　と思い俺はすぐに視線をそらす。

別にやましいことなどないし、彼女が俺のことなど知っているわけもないのだけれど、なんだかライオンに見つかったインパラのような気持ちでドキドキしてしまった。なぜ俺は知り合いでもない女子高生にビビっているのだろうか。情けなくて泣けてくるぜ。でも、まあ？　今の俺は高校生なわけだし？　学校で有名な怖い先輩がいたらビビるのも別におかしなことじゃないよね。うん、そうだよね！　そうだ。俺の中ではギャルとは問答無用で怖い

NOMIMO

生き物なのだ。

俺が恐る恐る視線を左近司先輩のもとへと戻すと、あろうことか彼女はジッとこちらを怖い顔で睨《にら》んでいた。

再びサッと目をそらす。え、俺なにか気に障《さわ》ることとした？　目が合ったのをメンチ切られたと勘違いされたとか？　いやいや落ち着け。彼女はギャルではあるが、ヤンキーではない。昭和《しょうわ》じゃあるまいし、目が合っただけでケンカ売るような高校生、いくら十一年前でもそういないだろう。

あー、気まずい。できれば店を出たいところだけれど、このあと課長たちがここに来る。例の、夏休みをどうすごすかという計画を立てるため、奈央と鬼吉《おにきち》もまじえて会議をするらしいのだ。約束の時間まではあと二十分程度。

まあ、じきに誰かしら来るだろうし、もう少しの辛抱だ。テーブルを空けるためにも唯人さんのトレーを片付けるとしようか。

俺はできる限り左近司先輩の視界に入らないようにトレーを返却口まで運んだ。紙類のゴミは下のゴミ箱へ入れる。

そして、ドリンクの蓋《ふた》を取って、残った氷を飲み残し専用口へと流そうとしたそのときだった。

「ちょっと、それフツー自分たちで片付けるもんなんだケド？」

奥の席から不穏《ふおん》な声が聞こえた。反射的に俺がそちらのほうへと顔を向けると、声の主《ぬし》は左近司先輩だった。

左近司先輩が座っているのは壁に付随《ふずい》したカウンタータイプの席。彼女は隣に座っていた若いサラリーマンらしき男たち二人に声をかけているようだ。

彼らは食事が終わったのか席を立っており、面倒くさそうに左近司先輩のほうを見ている。テーブルには食事後のゴミが残ったトレーが置かれたままだ。

「別に店員が片付けるからいいだろ」

男の一人がため息まじりに言う。

「よくないんだケド？　フツーはああやってゴミ箱まで持ってって、分別して綺麗に捨てて返却口にトレー重ねるんだケド？」

左近司先輩がそう言って急に俺のほうを指さした。

「ちっ、うるせーな。社会人はおまえら学生みたいに夏休みで暇じゃねーんだよ。こっちは仕事で疲れてるってのに」

なぜか彼らは俺を睨む。なんか揉《も》めごとになりそうだな。

「アンタたちがほったらかしたトレー片付ける店員さんもずっと働いてるんだケド？　社会人の店員さんはそんな暇じゃないんだケド？」

男たちから一切目をそらすことなく言い放つ左近司先輩。なんかこういう人、俺のすぐそばにもいるな。人は見かけによらないというか、案外、真面目《まじめ》なんだな。世の中の全ギャルさん、偏見《へんけん》を持ってすみませんでした。

「……ガキがいっちょ前なこと言いやがって。ったく、これでいいんだろ」

サラリーマンは二人して俺がいるゴミ箱のほうへとトレーを持ってやってきた。そして、そのままトレーを俺の目の前に置いて階段へ向かった。え？　ゴミまだ残ってるけど。ま、しょうがない、俺が一緒に片付けておくか。

「まったく、ダメな大人だ」

ぼやきながら俺は三つになったトレーを片付ける。そこへ白くて小さな手が紛《まぎ》れ込《こ》み、トレーにのったゴミを一つ、つかんだ。

「手伝うケド」

いつの間にか左近司先輩が横にいた。香水なのか、ザ・女子って感じの香りが強く俺の鼻を刺激する。すごくいい匂《にお》いだ。これがギャルの女王か。近くにいるだけで汗が止まらないぜ。

「あ、ありがとうございます」

「なんでアンタがお礼言うの？　ウケるんだケド」

ケラケラと笑いながら左近司先輩はゴミを一緒に片付ける。さっきまで怖い顔してたけど笑うとかわいいんだな。

「てっきりあの二人追いかけに行くもんだと思ってました」

あんな去り方、俺でもちょっとムカつくし。

「あれ以上言ったら手出されるかもだし。言ってもわからないヤツらってわかったからね」

「なるほど」

へー、意外と引き際《ぎわ》も冷静に判断してるんだな。さすがスクールカーストのトップに君臨するだけあって、なかなか頭も切れるらしい。ますます誰かさんに似てるな。あ、でもあの人は引き際無視で突っ走るタイプか。

なんて考えているといつの間にか三つのトレーは片付いており、左近司先輩は姿を消していた。元の席を見てもいない。どこに行っちゃったんだろうか。彼女の強い残り香《が》だけが辺りを包む。

まあ、別にいいか。

少し不思議に思いながらも俺は自分の席へと戻った。

「あ、いたいた！　おっす七哉ー」

「おう、奈央」

席に着くなりやってきたのは幼馴染みの中津川《なかつがわ》奈央だ。

オレンジ色のショートカットに童顔巨乳。活発元気印のかわいらしい女子である。

「なんだ、一人だけ早く来て女の子の物色でもしてたのかー？　まったく七哉にはわたしのおっぱいがあるだろー？」

「いつからおまえのおっぱいは俺のものになったんだよ！　俺こんなツッコミやだよ！　自分で言ってて恥ずかしいよ！」

「あ、ポテトもーらい」

「え、無視だけはやめて？　ねー、君そういうとこあるよ？」

奈央はイタズラな小学生みたいな顔で俺の隣に座り、ポテトをつまむ。活発元気印のかわいらしい女子という肩書だけで止めておけばいいものの、こいつは本当に残念な幼馴染みなのだ。まあ、奈央が残念というか、俺が残念なことになるというのが正しいかもしれない。

「カチョーたちまだ来てないの？」

「うん、俺だけ」

「七哉ー、心配しなくても夏休みの予定にプールか海を提案してやるからなー。どうせ七哉はカチョーの水着姿見たいんでしょ？」

「な……なに言ってんですかね。よくわからないですね。別に俺はそういう下心とか課長に持ってないですからね」

「ふーん、じゃあやめとこ」

「持ってるよ！　下心持ってるから提案しろよ！　俺は恥ずかしくて提案できないから女子の奈央が提案しろよ！」

「あははは！　七哉おもしろすぎ！　しょーがないなー、幼馴染みの奈央ちゃんに任せなさい」

「はい、奈央様。どうぞよろしくお願いいたします」

「てか七哉、実はわたしの水着も見たいんでしょ？　巨乳だもんね。巨乳の水着、しかも女友達の水着。なんとも言えない背徳感《はいとくかん》と興奮」

「ねえ、おまえって巨乳女子の体をボディジャックした男子高校生とかじゃないよね？　発想が男子の夢をわかりすぎてて怖いんだけど」

すごいよ。男子の心理をこうも見透《みす》かしている女子が幼馴染みだなんて、おじさん恐怖でしかないよ。

「ふーん、男子ってやっぱ、そういうこと考えてるんだー。エッチ」

なんだよこいつ！　小悪魔すぎんだろ！　ニヤニヤしてこっち見るな！　くそ、Tシャツ一枚しか着てないのになんでそんなに胸が強調されるんだよ。すげーな巨乳！

「あ、カチョーたち来た」

俺が奈央に翻弄《ほんろう》されている間にメンバーが揃《そろ》ったようだ。

階段のほうからトレーを持った課長と鬼吉が仲良さげに会話しながらこちらへやってきた。

「透花のナゲットあとで一個くれよヒュイ！」

「もー、鬼吉くんも同じナゲット買ってるじゃない」

「透花のナゲットがほしいのさ。なんちゃってイエーイ」

「あはは、バカ言ってないの」

は？

なんか仲良さげすぎませんかね？

てか、二人ともちょっと遅刻してるんですけど？　なにそんな楽しそうにしてるんですか？　約束の時間より……うん、まあ、まだ時間まではあと五分くらいあったから遅刻じゃないけど。でも、一番遅かったんですけど？　そもそも、なんで二人一緒なんですか？

その二人が俺たちの席までたどり着く。

「ごめんね、遅くなって。レジちょっと混んでて。一度さっき二階まで覗《のぞ》きに来たんだけど、七哉くんが席取っててくれたの見えたから先に買ってきちゃった」

「別に待ってないですし、いいですよ。さ、早く座ってください」

俺がうながすと二人は向かい側に並んで座った。必然的に課長と鬼吉が隣になる。なんでだよ！　そもそも奈央はなんで二人しかいなかった段階で俺の隣に座ったんだよ！

「ん、なんかこのイス、俺のヒップじゃ収まりが悪いな。七っち、席の交換しようぜヒュイ！」

そう言って立ち上がるのはクラスメートの田所《たどころ》鬼吉。高身長の爽やかギャル男で、一度目の高校生活から俺の親友だ。

俺が課長に気があることを知っている鬼吉は、強引《ごういん》に席を入れ替わり、俺にしか見えない角度でウィンクをした。鬼吉～！　やっぱりおまえは俺の味方だよな～！

一同が席に着いたところで課長が切り出す。

「では、本年度の夏季休暇におけるスケジュール調整会議を行います。よろしくお願いします」

「いや会社かよ！」

俺のツッコミも届いていないのか、課長がなにやらカバンからホチキスで留めた企画書らしき書類を全員に配り始めた。

「ではまず、本年度の夏季休暇の共通休暇理念の確認ですが、一枚目をめくってください」

「共通休暇理念ってなに⁉」

「ふむふむ。なるほどですねカチョー」

「本当にわかってるの奈央⁉　適当すぎない⁉　その『なるほどですね』ってとりあえず言っとけばいいやっていう営業マンけっこういるよ！　俺とか！」

「七哉くん、真剣に見てちょうだい」

「あ、はい、すみません」

え、俺が怒られるの？　コントじゃないの？　ガチでやってるのこの人？

とりあえず見るだけ見ておくか。

俺は課長から受け取った書類をペラっと一枚めくり、目を通してみる。

『共通休暇理念：企画運営に携《たずさ》わる他《ほか》のプロジェクトメンバーを最良のパートナーと認識《にんしき》

するど同時に、一顧客としてとらえ、各々《おのおの》の満足度を達成するために最善の努力を怠《おこた》らないこと』

ガチだったわ！　プロジェクトって言っちゃってるし！　顧客とか単語使ってるし！

休暇なのに努力求められちゃってるし！

「続きまして、七月のスケジュールに移りたいと思いますが」

「課長！　ストップ！　課長は夏休みをなんだと思ってるんですか⁉」

「なにって。……せ、青春？」

「なに顔赤らめてんだよ！　こんなもん作ってきておいて、よくそんな初々《ういうい》しい少女みたいなこと言えたな！」

「さっきからなによ！　文句でもあるの⁉」

「ありありですよ！　言っておきますけど課長、今日からもう夏休みは始まってるんです！　この時間も夏休みなんです！　夏休みなにしよっかーってみんなでキャッキャするのも夏休みの醍醐《だいご》味でしょうが！　なんですかこの重たい進行は！」

「なんでよ！　今も楽しいじゃない！　昨晩だってとてもウキウキしながらこの企画書つくったのよ！」

「企画書って言った！　ほら企画書って言ってるよ！　いや、ウキウキしてこれ作った課長もそれはそれでかわいいけど！」

「な！　なななな！　なに言ってるの！　え⁉　今なんて言ったの⁉　もう一回言ってみなさいよ！　最後のとこもう一回言いなさいよ！　誰がかわいいですって⁉　ほら、もう一回言ってみなさいよ！」

だんだんとよくわからない内容でヒートアップしてきた俺たちの間に、奈央があっけらかんとした声で割って入る。

「はいはーい！　わたしプール行きたいでーす！　カチョーの水着見たいでーす！」

「お、奈央それイイねー！　夏っていったらプールっしょー！」

鬼吉も楽しそうに賛同する。

「七哉もカチョーの水着見たいってさっき言ってたもんね！　下心あるって言ってたもんね！」

「ねえ、バカなの？　なんなの？　なんでそういうこと言うの？　俺のこと嫌いなの？」

さっきのは二人だけの秘密ね的なノリじゃなかったの？　おじさん女子高生のノリわからなすぎて涙出そうだよ。

「そそそそ、そんなこと言ってたの七哉くん⁉　もしかして夏休み入る一ヶ月前くらいから、グへへへあいつの水着姿はこんな感じかな？　おやおや、ちょっと布の面積が少なすぎやしませんかねえ、課長？　へー、課長はこういうのが趣味なんですねー。さ、一緒に二人きりの残業しましょうか？　なんて妄想しながら毎晩ニヤニヤしてたの⁉　なんてハレンチ！　最低！」

「してませんよ！　なんですかそのセクハラおじさん！　奈央の言うことはいつもの冗談ですから、怒らないで冷静になってください！　ね、誤解だから！」

「わかったわよ！　そんなに言うならいいわよ！」

「ふう……よかった。誤解が解けたようで」

「行くわよ！　プール行けばいいんでしょ！　勝手に私の水着姿見ればいいじゃない！」

「そうですね。とりあえず最初の予定は決まったということで……いや、行くんかい!!」

「もう今日は解散！　奈央ちゃん、ちょっと今から付き合って！　み、水着選んでちょうだい！」

「了解でーすカチョー！　ふふふ男子たち楽しみにしとけよ〜」

と、怒涛《どとう》の展開で、夏季休暇におけるスケジュール調整会議とやらは開始から五分もせず幕を閉じた。

結局決まった予定は一つのみ。

俺がよく知るアニメで例えるなら、こう呼ぶのが一番わかりやすいだろう。

そう、水着回である。

◆

この夏、俺の地元に大型のウォーターパークがオープンした。十一年後でも繁盛《はんじょう》しているこのウォーターパークは当時から地元の若者たちに大人気で、俺もタイムリープ前は鬼吉と一緒に、妹の小冬《こふゆ》を連れて何度か訪れた記憶がある。タイムリープした二度目の高校生活ではこれが初めての来場。俺にとってはもう馴染《なじ》みのプールなので少し新鮮味に欠けるが、オープンしたての独特なこの雰囲気は不思議とやはりワクワクしてしまうものだ。

もちろん今回も小冬は連れてきている。タイムリープ前の小冬はこのウォーターパークが好きで、連れてくるといつも喜んでくれた。だから、その思い出はこの歴史でも作ってあげたい。俺にも妹を思う兄心というものがあるのだ。

さて、その妹はまだ更衣室で水着に着替えていて、プールサイドにはやってきていない。オープンしたてということもあってパーク内は多くの人で溢れている。まだ中学二年生の女子を一人きりには到底できない状態だが、更衣室には奈央と課長が付いている。特に課長なんてもう保護者みたいなもんだから安心だ。

俺と鬼吉はゆっくりとプールサイドで女子陣を待つ。天気は絶好のプール日和《びより》。蜃気楼《しんきろう》が見えそうなほどの熱気と耳につくセミの鳴き声に、俺は雲一つない空を見上げていた。

「それにしても暑いなー。早く水の中に入りたいよ」

「俺はこのプールサイドの端でマッタリするのもアリアリの有明《ありあけ》海だぜ！」

「鬼吉は単に日焼けしたいだけでしょ？」

「ピンポンピンポン！　七っち選手に一万ポイント！　ヒュイゴー！」

プールサイドに設置された共用のサマーベッドで仰向《あおむ》けになりながら、鬼吉がグッと親指を立てる。さすがギャル男。サングラスがバカみたいに似合っている。

「七っち、なんか体つきいいな。筋トレでもしてんの？」

「ん？　ああ、最近ね。この前みたいなことがあったとき、ちょっとはやっぱり力ないとなーって思って」

「辰城《たつき》っちの件？」

六月に行われた生徒会選挙。そのとき、俺たちはちょっとしたトラブルを起こした。トラブルというか、最終的にはケンカみたいになってしまったが……。

それも俺が一方的に殴ってしまった。

「そう。課長にめちゃくちゃ叱《しか》られてさ、殴ったのはものすごく反省してる。だけど男たるもの、鬼吉みたいに、暴《あば》れる相手をスマートに制止させるくらいの力は付けとかなきゃな」

「ヘイヘーイ七っち照れるぜー！　ところでその透花とはどうなんだ？　上手くやってるか？」

「どうって……別にどうともないよ」

「おいおい、あいかわらずだな七っちは。年上だからって遠慮してるのか？　もっとアタックしろよー」

「いや、年上とかそういうの気にしてるわけじゃないけど」

すごい気にしてるけどね。年上っていうか上司だからね。

「その癖に七っち年上好きだからなー」

「悪かったな。だけど魅力的な年上お姉さんキャラの出るアニメが世の中に多すぎるのが悪い。俺の年上好きはすべてアニメの影響だ」

「お、わかるわかる。小さい頃に好きだったアニメや漫画のキャラってけっこう影響するよなー」

「でしょでしょ！　そうなんだよなー。あー、あと学生時代にハマったキャラも、なんていうか青春の甘酸っぱい思い出というか、ふと何年かぶりにＤＶＤとか見てみると、こう胸がキューーっと締め付けられる感覚あるよなー」

「なに言ってんの七っち？　学生時代って、小学生の話？」

「あ、いや！　うん、まあ、そんな感じかな！」

俺ってやつは、ちょっと興奮するとすぐ自分が高校生だということを忘れてしまう。

「ウケる。でも七っちの年上愛はわかったけど、アタックしなきゃ意味ないぜ。いいか？　サマーだぜ？　サマーは恋の季節なんだぜ！」

夏をサマーって言うな。そのなんでもグイグイ行く積極的な姿勢は見習いたいけれど。

なんて話をしていると、スクール水着姿の小冬がポニーテールをポンポンと揺らしながら一人でこちらへ走ってきた。

「お兄ちゃん、これ膨《ふく》らまして」

小冬は手に持っていた浮き輪を俺に向かって無造作に投げ、隣のサマーベッドへと腰を下ろす。

「あれ、他の二人は？」

俺は受け取った浮き輪の吹き込み口を前歯で噛《か》みながら小冬に聞く。

「遅いから置いてきた」

「こらこら、勝手に大人と離れちゃいけないじゃないか」

「別に小冬一人で平気だし。それにあのおばさんたちも大人じゃなくて子供だし」

いやそれはそうなんだけど……自分でおばさんって呼んでおいて矛盾《むじゅん》したこと言ってると気付かないのだろうか、このドSの妹は。

「七っち、とか言ってる間にお待ちかねの二人が到着だぜ」

鬼吉が目線で合図する。

その視線の先をたどれば夏の強い日差《ひざ》しに照らされ輝く女性が二人。

「えへへー、おまたー！」

先頭を切るのは奈央。その迫力のボディをこれでもかと言わんばかりに強調するのは、黄色のビキニ。奈央の水着姿に周りの男たちが視線を一斉に集中させている。グラビアアイドル顔負けのスタイルだ。

「ウェイウェイ！　かわいいぜ奈央！」

鬼吉が携帯で写メを撮り始めた。

「どういたしましてー！　いえーい！」

嫌がる様子も見せず、奈央は得意げにポーズを取り鬼吉に応《こた》える。すげーな陽キャ同士の絡《から》み。いきなりグラビア撮影会が始まったぞ。

そして、そんな奈央の陰からゆっくりと姿を現したのが……。

「ちょ、ちょっと、奈央ちゃん。やっぱりこれ、恥ずかしいかも」

上條透花。

白いビキニに身を包み、肌を隠すよう片手で反対側の二の腕を押さえている。

俺は息をのみ、言葉を失った。

天使だ。天使と呼ぶしか俺の少ないボキャブラリーでは言い表せない。

そのあまりの透明感に、俺は浮き輪を持った拳《こぶし》をギュッと無意識に固まらせた。浮き輪の空気がシューっと抜ける。せっかく半分近くまで膨らましていたのに、あっという間に元の状態までしぼんでしまった。

「ねー、カチョー言った通りでしょう？　七哉、カチョーに釘付《くぎづ》けだよー。シシシ」

「そ、そうなの？　若作りしちゃってみっともない、とか思ってるんじゃないの？」

課長は目を泳がせてはチラチラとこちらの様子を確認するように見る。

若作り？　はたして、この人はなにを言っているのだろう。

これだけは言える。

たとえ二十八歳だろうと、十七歳だろうと、俺の感想は変わることなどない。

「綺麗だ……」

それ以外の言葉、見つかるはずもない。

「おー、言うねー七哉」

「七っち、やるじゃん！　ヒュイ！」

はっ！　俺は今なにを⁉

「こらー！　雌豚《めすぶた》ババア！　汚い手を使ってお兄ちゃんを誘惑するな！　ちょっと聞いてるの⁉　ねえ！　…………ねえ、大丈夫？」

あの小冬までもが心配してしまうほど、課長の目がうつろになっていた。

白かった肌は足の先から徐々に赤みを帯び始め、あっという間に頭のてっぺんまでリンゴ色に染まりあがる。

そして、ロボットのようにカチコチ固まった体をおもむろに反転し、パークの中央に位置

する波のプールへと両手を挙げながら走り出した。

「わあ――――――――――――――――――――――――――――――――あぁ」

課長の叫び声が静かに遠ざかっていく。

人混みでごった返す波のプールに課長の姿が消えた直後、パークのスピーカーからアナウンスが流れる。

『只今《ただいま》より、十分間の休憩に入ります。プールでお楽しみのお客様は、係員の指示に従い、プールサイドへとお上がりください』

係員の呼びかけに従い、入水五秒でプールから上がる課長が、無表情でトボトボとこちらへと戻ってきた。

「だ、大丈夫ですか課長？」

「なにが？　暑いからプールに入っただけよ？　はー気持ちよかった。涼んだわー」

たった五秒で⁉

「それよりちょうど休憩時間だし、今のうちにみんな準備運動しましょうか。ちゃんとしておかないと危ないからね」

いの一番にプールへ入っていった人が急に引率の先生みたいに仕切りだしたぞ。

といっても、確かに準備運動なしの水泳は怪我《けが》のもとだ。若い時ほど身体能力を過信して、そういった事前準備を怠りがちだからな。こういうのは実質保護者の俺と課長がしっかり管理しなければ。

なんて理由を付けてこの場を誤魔化《ごまか》せば、俺がした先ほどの発言もうやむやにできるだろう。ああ、俺はなんて恥ずかしいことを口に出してしまったんだろう。

課長の呆然《ぼうぜん》としたあの反応。気持ち悪いやつだと思われたに違いない。

そりゃそうだ。水着姿を見て急に綺麗だなんて小声でこぼす男、気持ち悪いを通り越して恐怖でしかないだろう。

しかも上司相手に、不躾《ぶしつけ》にもほどがある。

その場から逃げ出すくらい衝撃だったのかと思うと、今日はもう俺のテンションが回復することはなさそうだ。くそ……。だけど課長の水着見るとやっぱりテンション上がる。なんて単純で恥ずかしい男なんだ俺は。これもすべて課長がかわいすぎるのがいけないんだ。

まったく、本当に罪な女だ、上條透花。

◆

しっかりと準備運動を済ませた俺たちは、波のプールに、流れるプール、滝壺のプールを堪能《たんのう》したあと、屋内エリアに設置されたジャグジー式の小さな温水プールに浸《つ》かって、軽い休憩をしていた。丸い温水プールの円周に沿って、五人で等間隔に座る。

「あぁぁぁぁあぎもぢいぃぃぃぃぃぃい」

大きな胸をジャグジーの水圧で小刻みに揺らしながら、奈央が心底気持ちよさそうに声を漏《も》らす。

銭湯にいるみたいな奈央のオヤジ臭さにつられたのか、課長も目をつむり、顔を天井《てんじょう》に向けながら言った。

「こんなお風呂《ふろ》みたいなのもあるのね。すごいわね、ここ」

「え？　課長、まさかここ来たの初めてですか？」

俺の言葉を聞いて隣に座っていた鬼吉が笑う。

「そりゃオープンしたばっかなんだからみんな初めてに決まってるだろ。七っちはたまに天然なとこあるよなー」

「ああ、そっか。そうだよな。あははは」

笑って誤魔化すも、もちろん課長は気付いていて、キッと睨まれる。自分だってたまに高校生だってこと忘れるくせに。あー、怖い怖い。

でも、さっきの口ぶりだと課長は本当にここが初めてのようだ。つまり元の時代でもオープンしてから十一年間、一度も来ていないということ。こんなに地元で有名なところなのに。やっぱり学生時代はあまり遊ばずにすごしてきたんだろうか。高校では生徒会もやってたし、成績も優秀。忙しそうだもんな。

なんだかんだ俺は課長のプライベートをまったく知らない。特にタイムリープ前なんかは会社でしか接点がなかったから、一度目の高校生活がどうだったかなんて見当もつかないのだ。そういう意味ではデリカシーのない質問だったかもしれない。反省、反省。

「そろそろウォータースライダーの時間だよ！」

先ほどまでおっさんみたいに気の抜けた顔をしていた奈央が、突然キリっと表情を変え、みんなに向けて言った。

「ウォータースライダー……？」

課長が奈央に聞く。

「うん！　ここのメインアトラクション！　スライダーの高さが日本一なんだって！」

「へ、へえ。そうなの」

奈央の言う通り、このパークが有名になった一番の要因は、日本一の高低差を誇《ほこ》るウォータースライダーである。残念ながら二年後には他のウォーターパークに記録はあっさり抜かれてしまうのだが、それでもググればすぐにヒットするくらい十一年後でも人気のアトラクションだ。

ここに来たならスライダーを滑《すべ》らなきゃ意味がない。もちろん、俺もこの流れになることは予想していた。

だが、しかし……。

「ごめん、小冬が高いところ苦手でさ。俺は小冬と待ってるから、三人で行ってきな」

小冬は極度《きょくど》の怖がりで絶叫系が大の苦手なのだ。

タイムリープ前もここのウォータースライダーを滑ることは一度もなかった。俺自身はこの手のアトラクションは大好きなので、スライダーにみんなで行くのは大賛成なのだが、滑れない小冬を一人だけここへ残すのはいくらなんでもかわいそうである。

「それなら私が小冬ちゃんと一緒に残るわよ。七哉くんも滑りたいでしょ？」

そう言ったのは課長だった。

「いや悪いですよ課長。せっかくの機会なんだし、滑ってきてください」

俺はタイムリープ前、小冬のいないときにここのウォータースライダーは経験済みだ。しかし、課長は来場自体が初めてなので、当然ここのウォータースライダーも未経験。気を使わないで行ってきてほしい。

「いいのよ。私が一番お姉さんなんだし、七哉くんは我慢しなくていいのよ」

「なにを言いますか。そんな遠慮なさらずに……」

「いいから！　ね？　七哉くん？」

錯覚だろうか、なぜか課長の周りだけ妙に泡立ちが強くなっているように見える。まるで溶岩の主かのように。まさか……。

「ひょっとして、課長も怖いんですか？」

「は?」

ニッコリと笑って首を斜めに傾《かたむ》ける課長。

「いえ、なんでもありません。ぜひ、小冬をお願いします」

「うん、任せてちょうだい」

俺はすべてを悟った。これでも彼女の下《もと》で五年も働いてきたのだ。

「えー、小冬このおばさんと残るのやだー!」

「こら、わがまま言うんじゃない! 元はといえば小冬だけが、、滑れないところを、課長が気を使って残ってくれるんだぞ。行く前にアイス買ってやるから大人しく言うこと聞きなさい!」

「アイス買ってくれるの!? やったー! じゃー、しょーがないわね! チョコミントね、お兄ちゃん!」

中学生らしくおやつにつられる妹。よし、一件落着だ。

ああ、課長はなんて優しいお方なんだ。そうだ、あんな厳格で大人な課長が日本一高いウォータースライダーを怖くて滑れない、なんてことはないだろう。うん、それでいいんだ七哉。

こうして、お優しい課長に小冬を預け、俺たち同級生組は三人でウォータースライダーへ向かうのであった。

「ひえー、たっかーい！」

ウォータースライダーに続く鉄骨の折り返し階段を見上げ、奈央は楽しげに空へ叫ぶ。

開放時間になってすぐ向かったはずなのに、スライダーはすでに長蛇《ちょうだ》の列ができており、最後尾《さいこうび》の俺たちはまだ階段の入り口前にいた。

「しばらく並びそうだな」

俺も階段の頂上を見上げる。確かこのスライダーを滑ったのは大学時代に友達と来たときが最後だったっけか。けっこうスピードも出るし迫力あるんだよなあ。なんか久しぶりにワクワクしてきたな。

そんな思い出にふけっていると、俺たちのうしろへ数人の男女がやってきた。

「きゃははは！　マジ爆笑なんだケド！　なにそれ！」

かわいらしい女子の豪快な笑い声が響く。

「あれ？　あの人、ウチの学校の先輩じゃね？」

鬼吉が階段の手すりによりかかりながら、こちらに向かってくる集団を見て言った。

「ん？　どれ？」

「ほら、あの先頭の派手な女子。左近司先輩だろ、あれ」

俺はドキッとして集団の先頭を見る。

その横で鬼吉の言葉に奈央も反応する。

「あ、本当だー！　あの先輩かわいいよねー！　カチョーと同じくらいかわいい！」

間違いない。ド派手な水着に、ナイスバディ。背は低いが、顔も小さいので抜群のプロポーションを誇っている。

あんな目立つ人をそうそう見間違えるわけもない。

あれは左近司琵琶子先輩だ。

って、俺はなんでドキッとしたんだ。別に彼女とはこの前、一言二言かわしただけで、友達になったわけでもないのに。

集団が俺たちの前まで着くと、左近司先輩はちらりとこちらを一瞥《いちべつ》する。あいかわらずクラクラするくらいのいい香りだ。

「あ、アンタ」

左近司先輩が俺に気付いて声をかけてきた。やっぱり覚えていたか。

「ど、どうも」

「ビワあのあとすぐ思い出したんだケド、アンタ選挙のときになんか揉めてた男子っしょ？」

「ああ、はい。一応、甘草南の一年です。下野七哉って言います」

なるほど。それで、あのとき俺の顔をジッと見てたのか。考えてみりゃ、全校生徒の前であんな揉めごと起こしたんだから、そりゃ顔くらい覚えられるか。

「へー、君たち甘草南の一年なんだ。じゃあ、年功序列ってことで先に行かせてよ。ね、俺たち先輩だし」

集団の中から男子が一人、前に出て言う。

左近司先輩の連れというだけあって、見た目からしてあか抜けている男子だ。なんかあからさまに感じの悪さを隠す気なさそうだし、機嫌そこねて変に揉めるよりは別に前を譲ってもいいか。

まあ、俺はいいけど。だけど、それは俺が一人の場合だ。

ここには鬼吉と奈央がいる。

一応、精神年齢でいえば俺が最年長。そしてこの二人は俺の大事な親友だ。

理不尽なことを言われたら、どうするか。課長だったらちゃんと立ち向かうに違いない。

たとえ、多少険悪《けんあく》なムードになったとしても……。

「ちょっと、ダサいことするのやめてほしいんだケド。フツーこういうとき先輩とか関係ないって思うんだケド」

つい最近どこかで聞いたようなトーンの声がした。

「え、あ、おお、悪かったよ琵琶子。冗談だって。な、あはは」

男子はバツの悪そうな表情を浮かべうしろに下がる。

「ゴメンね。詫《わ》び」

左近司先輩が片手を立てて俺たちに頭を下げる。最後の詫びってなんだろう？　ギャルの中で謝るときに使うJK語みたいな感じのやつかな。

「いえ、気になさらないでください」

「なにそのおっさんみたいな喋《しゃべ》り方。ウケるんだケド」

左近司先輩はそう言い残して集団の会話へと戻っていった。それを見て奈央が俺に小声で聞く。

「なになに？　七哉、琵琶子先輩と知り合いなの？」

「いや、この前ちょっと顔合わせただけで、知り合いにカウントされるようなほどのもんではないよ」

「ふーん。カチョーからのり換えたのかと思った。七哉、年上なら誰でもいいもんね。あ、あとおっぱい大きければばか」

「いや、言い方酷《ひど》いな！」

あー、それにしても怖かった。

やっぱ、あの人なんかオーラが違うよ。

あの陽キャでお馴染みの奈央と鬼吉でさえ余計なこと言わずに大人しくしてたもんな。

鬼吉なんかはギャル男歴浅いというのもあるんだろうけど、地頭がいいから適切な距離感をはかっていたのかもしれない。ギャル男の嗅覚《きゅうかく》が、王者の放つなにかを察知したのか。

それから二十分ほどで俺たちはようやく階段の頂上まで上り、スライダーのスタート地点までやってきた。この二十分の間、小冬は課長と上手くやれているだろうか。失礼なこと言ってなければいいけど。

俺たちの前にいたカップルが滑り始め、係員が誘導の声をかけてくれる。

「では、二人ずつどうぞ」

ここのスライダーはオーソドックスに二本走っているので、二人同時にスタートする形だ。

「鬼吉と奈央で先に行っていいよ」

俺は前に並んでいた二人に言う。

「お、すまんね七哉。じゃあ、お先にドロンさせてもらいますよ」

ドロンの使い方違うけどな。

「七っち下で待ってるぜー！　ヒュイ！」

二人は係員の合図で滑り出す。うん、だからヒュイゴーのゴーをつける絶好のタイミングだろうが。マジでゴーの付ける基準がわかんねーよ。

「お次様、一人で滑りますか？」

係員が俺の顔を見て、そのあと流れるように、うしろにいた左近司先輩へ視線を向けた。

俺もつられて、つい、うしろを振り返ってしまった。

「あ、はい、一人で……」

「いいんだケド。ビワも滑るんだケド」

そう言って左近司先輩がズイズイと前へ進む。

「ではお二人様、どうぞ」

言われるがまま俺は左近司先輩と並んでスタンバイする。

スライダーのスタート地点に座るとゴォォォっと水流の音がより一層強くなった。尻底《しりぞこ》に感じる水温が冷たい。

な、なんか緊張するな。てか、やっぱ、高いなこのスライダー。

急に脈が速まる。

ドキドキドキと俺は係員の合図を待つ。

「一年生、競争しよっか?」

ふいに隣から声が聞こえた。

横を見ると左近司先輩がイタズラに笑って、俺にキュートな八重歯を見せていた。

それと同時に係員が合図を出す。

俺は破裂しそうなほど心臓を高鳴らせながら、筒状になったスライダーの中へと吸い込まれていった。

水流にのり俺の体はグングンと加速していく。

さっきのは、どういう意味だったのだろうか。

もしかして、左近司先輩が俺を知人として認知してくれた？

あのギャルのカリスマが、この冴《さ》えない男の俺を？

ああ、気になる！　スタート前に彼女はなんていう爆弾を投下してくれたんだ。

あの笑顔は反則だ。

グルングルンと回るスライダーの中で俺の頭もグルングルンと混乱していた。

ええい！　よし、いいだろう！　競争というなら、その勝負のってやる。

俺がこのスライダーを今まで何回滑ってきたと思っている。カーブの癖も傾斜の角度だって、このコースのことはすべて把握しているんだぞ。タイムリープチート、とくと披露してやるぜ！

俺は記憶に残っているカーブポイントが来るたび、重心を上手く左右へ移動させ、最高速度を更新させる。今のところミスはない。残るは最後のストレート。

あとはできる限り体をまっすぐにして、最小限の空気抵抗で滑走するだけだ！

丸い出口の光が俺の視界に入った。

さあ、決着だ！

ザッパーン‼

スライダーを抜けた先で、大きな波が二つ同時に上がった。

俺は全身を一度水中に潜らせたあと、勢いよく水面から顔を上げた。

「ぷはっ！」

同着か。必殺タイムリープチートに加え、ただでさえ体重の利がこちらにあったというのに。やるな、左近司先輩。

俺は目の周りに付いた水滴を拭《ぬぐ》いながら彼女の姿を探す。

すると目の前で大きな水しぶきを上げて左近司先輩が水上に現れた。

「ぷはーっ！　引き分けだったねー一年生！」

左近司先輩はまるで人魚のように滑《なめ》らかな体を横に振って水滴を振るい落とした。

そう、まるで……人魚の――――。

「さ、左近司先輩……」

「ん？　どした？」

「わわわわわわわ！　左近司先輩！　下！　下見て！」

俺はすぐに両手で自分の目をふさぐ。

なぜ？　なぜかって……。

彼女の柔らかそうでハリのある胸があらわになっていたから。

そう、布がないのだ！

「え？　……あぁっ!!」

事件に気付いた左近司先輩は顔を真《ま》っ赤《か》にし、すぐさま腕を組んで大事な部分を隠す。

「み、見た……っ⁉」

「見てません！」

「……っ！」

左近司先輩が涙を浮かべながら疑いの目でこちらを睨む。噛んだ唇が赤くなるほどに。

着水時の水圧でビキニの紐《ひも》がほどけてしまったのか。なんていうハプニングだ。

こんなときどう対処すればいいかだなんてわからないぞ。

テンパる俺に追い打ちをかけるよう、イヤ〜な感触が水中の太もも辺りに絡みついた。

いや、この状況において本来は喜ぶべきものではあるが。

俺は静かに、太ももに絡んでいた『もの』を触る。

……間違いない。左近司先輩のビキニだ。

すぐさま彼女に渡すべきである大切な布。

しかし、どうだ。

ここで俺が急に彼女のビキニを水中から取り出したら、あらぬ誤解を招かないだろうか。

俺が、どさくさに紛れて彼女のビキニをほどいた……と。

『そこの二人、危ないので早く捌《は》けてくださーい』

プールサイドにいた係員からメガホンで注意が入る。

いつまでもここにいると次の組が来て危険だ。くそ、保身に走っている場合じゃないだろ。こうしている間も彼女は恥ずかしい思いをして困っているのだ。

俺は意を決して右手に握られたビキニを左近司先輩の前へと差し出した。

「先輩これ！」

「な！　なんでアンタが持って……！」

「とにかくここにいると危ないので、一度端に寄りましょう。お、俺が盾《たて》になって周りから見えないようにするので」

「……っ！」

不服そうな表情を浮かべながらも、大人しく彼女は俺の指示に従ってくれた。

着水プールの端で俺は周りの視界を遮《さえぎ》るように彼女の前へ立つ。幸い、プールサイドのすぐそばには木が植えてあり、木陰《こかげ》ができている。俺が動きさえしなければ他人からは見られないだろう。

左近司先輩は俺の目を気にしつつビキニを再装着しようと奮闘《ふんとう》している。しかし、片手で胸を押さえながらの作業。上手くいかず苦戦しているようだ。

そんなさなか、最悪のタイミングで次の組がスライダーを終え着水した。

もちろん滑ってきたのは左近司先輩の連れ。女子と……先ほど順番を抜かそうとしてきた男子だ。二人は水から顔を出すと、すぐにこちらに気付きやってきた。マジで最悪だ。

案の定、男子が怪訝《けげん》そうな顔で俺の肩を叩いた。

「おい、なにしてんだ」

ズイっと俺の体を引き寄せた先には、ビキニの紐が中途半端《ちゅうとはんぱ》にほどけた状態の左近司先輩。

「な、琵琶子！　テメーっ琵琶子になにしたんだ！」

当然のように男子が俺を睨む。

うしろにいた女子はすぐに左近司先輩へ寄り添い水着を着ける手伝いを始めた。そして、嫌悪感をあらわにした表情で俺を見て一言。

「最低」

心をえぐるような低温ボイス。そして、俺の肩をつかんでいた男子の手に、より一層、力が入る。

「この変態野郎が！　許せねー！」

「いいから！」

制止したのは左近司先輩だった。

「もーいいから。一年生アンタも、もーいいからアッチ行って」

左近司先輩は俺の顔も見ずに冷たく言った。

男子が舌打ちをしながら俺の肩を離す。

「あ、あの……先輩、すみませんでした……」

そう言い残して俺はその場をあとにした。

プールサイドに上がりトボトボと歩きだす。

あー。

あー。

あああーーーーーーー！

ガチでヘコむううううう！

近年まれにみるガチヘコみだよおおお！

いや、誤解だよ。誤解なんだから俺は悪くないいんだよ。

悪くないんだけど、なんでだろう、なんかすごい罪悪感！

いや、これは課長以外の年上お姉さんにうつつを抜かしドキドキしていた俺へ、神様が天罰を下したのだろう。人生やり直しのチャンスをあげたんだからちゃんと一人の女性だけを見なさい、と神様が叱責《しっせき》してくださったのだ。つまり俺が悪いんだ。うるせーよ！　その片思い相手も一緒にタイムリープさせる適当な神様が偉《えら》そうにすな！　あんたに天罰なんかくらわせられる筋合いないわ！　俺は悪くない！

くそー！　なんだこの感情！　めっちゃ泣きたい！　大人だから泣かないけどね！

「おーい、七っちー！」

満身創痍《まんしんそうい》の俺に鬼吉から声がかかった。着水プールから少し離れたベンチに奈央と二人で座っている。

　せっかくみんなで楽しい時間をすごしているのだし、俺が浮かない顔しているといらぬ心配をかけて全体のテンションが下がってしまうだろう。

　ここは切り替えだ。

　ふっ……五年もサラリーマンをやっていると感情を押し殺して笑顔をつくるなど、お手のものになるのさ。これが二十七歳、大人の下野七哉だ。

「おう、お待たせ！」

　俺はさっきまでのヘコんだ表情をしっかりと笑顔に変え、二人のもとへと駆け寄った。

「遅かったね七哉。スライダー怖すぎて気絶でもしてた？」

「もしそうだとしたら救急車来てるよ！　俺はあの手の絶叫系は得意なんだぞ。おまえも昔よく一緒に遊園地行ったから知ってるだろ」

「あれは揺れるわたしのおっぱいを見たいからジェットコースター好きなんだと思ってた」

「俺は何歳から変態なんだよ！　第一おまえも小さい頃は胸ペタンコだったろうが！　揺れるもんがないだろ！」

「へー、ペタンコってわかるくらい、そんな歳からわたしのおっぱい見てたんだ」

「ものは言いようだな！　その俺を追い込むときだけめちゃくちゃ頭がキレるのなんなの⁉」

「本当、七哉はおっぱい魔人だなー。さっ、カチョーたちが待ってるしそろそろ行くよ」

「ああ、そうだな。小冬が課長のこと泣かしてないか心配になってきた。今の俺に対するおまえみたいにな」

なんて冗談をかわしながら、俺たちは課長のもとへ帰るのであった。

◆

「あ、お帰りなさい」

屋内エリア。フードコートのテーブル席で仲良くクレープを食べている課長と小冬を見つけた。

俺たちはそのまま空いている席に座る。

「楽しかった?」

遊んできた子供を見るような目で優しく課長が笑う。

「うん、すごかったよ! バーッてなって、あまりの速さに途中で水着取れそうだったよ。あははー」

奈央が無邪気に返す。う、頭が……なんか思い出したくない記憶が……。なんて記憶喪失の主人公の気分を味わいながら、俺はクレープをハムハムとくわえている小冬に声をかける。

「こら、小冬なんでクレープなんて食べてるんだ。さっきアイス買ってやったろ」

「いいのよ七哉くん。私が食べたかったから一緒に買ってあげたの。ね、小冬ちゃん」

「ふん、このおばさんがどうしても小冬に貢《みつ》ぎたいって言うから、しょうがなくもらってやったのよ」

「ね？」

ね、じゃないよ課長！　え、なんか課長も小冬女王を愛《め》でる奴隷と化してきてないか？　もしかしてこの人Mなの？　いや、あの課長がMなわけない。ドSもドS。それこそ小冬より女王様が似合うはずだこの人は。女王様の課長……。はっ……俺はなんて妄想を……！

「すみません課長。お金出しますので」

「なに言ってるの。七哉くんの妹は私の妹みたいなものでしょ」

と、ウィンクを向ける課長。

「あははっ、透花ー耳赤いぜー？」

鬼吉が言う。

「べ、別に赤くないわよ！　いつか言ってやろうと用意してたセリフじゃあるまいし、ウィンクだってやり慣れてるんだから、恥ずかしくて耳赤くする要素なんてどこにもないじゃない！　変なこと言わないでよ鬼吉くん！」

「ウェイウェーイ！　ウィンク得意なら俺にもやってくれよ透花ー！」

「いやよ！　恥ずかしい！」

「あはははは！　透花面白《おもしろ》いな！　恥ずかしいって言っちゃってるぜヒュイ！」

「もう、からかわないでよ！」

は？

え、なにこのイチャイチャ。

てか、鬼吉にウィンクするのは恥ずかしいってどういうこと？　え、まさか、やっぱり鬼吉のこと……？　そ、そうなのか？　課長はギャル男が好きなのか？　聞いてないよ。そんな話聞いてないよ！　中川《なかがわ》係長みたいなチャラチャラした男は嫌いって前、言ってたじゃん！　そりゃ、中川係長と鬼吉比べたらチャラのベクトルが全然違うし、鬼吉は友達思いでいいやつだし、案外おっぱぶとか知らないくらいにピュアだし、誠実だし、背も高いし、腕っぷしも強いし、うわー！　完璧《かんぺき》じゃないか！

クソ……茶髪か……。まず髪を染めればいいのか？

「ねえ、奈央、ヘアカラー剤って薬局とかで売ってるの？」

「え、七哉髪染めるの？　似合わないからやめな」

ドライ！　めちゃくちゃ冷めたトーン！

「そ、そんなことないもん！　茶髪似合うもん俺！」

「明るいトーンの髪は鬼吉みたいなシュッとした顔じゃないと合わないって。……七哉じゃねえ……あはは」

「酷い！　奈央、冷たい！　酷い！　笑いが乾いてる！」

「それにカチョーは黒髪のほうが好きだと思うよ」

奈央は俺にだけ聞こえる声で言った。

「べ、別に課長は関係ないよ」

「まーまー、もうそういうのいいから。ここは幼馴染みの奈央ちゃんに任せなさい」

本当、この子いつも俺の話聞いてくれないよね。

「ねーねーカチョー。カチョーって髪染めてる男子と黒髪の男子どっちが好きー？」

って、こいつ本人に聞くなよ！　これで染めてる人って言われたら鬼吉ラブの信憑性《しんぴょうせい》が上がるじゃないか！　余計なことを……。

「男子の髪の色？」

「うん！」

怖い。聞きたくない。

「そういうのは興味ないかな」

はい。

そうでした。

そういえばそうでした。

この人はそういう人でした。

「え⁉　でも好みはあるでしょ？　スポーティーな短髪黒髪が好きとか、アウトローなロン毛パーマが好きとか」

「うーん、興味ないかな」

「そ、そうなんだ！」

あの奈央ですら戸惑《とまど》っている。そりゃそうだ。あんな純粋な目で濁《にご》りもなくストレートに言われたら、戸惑いもするだろう。

むしろ、すがすがしい。これでこそ課長。少し安心したよ。

「ウェイウェイ！　透花ー、俺の茶髪はどうだーい？　最高にイカすだろー？」

「そうね、鬼吉くんの髪は似合ってるわね」

おいいいい！　どういうことだよ！　言ってること違うじゃねーか！　やっぱ俺は茶髪にするぞ！　茶髪にすればいいんだろおおお！

くちびるを嚙んで涙をこらえていると、奈央が優しく俺の肩に手を置いた。

奈央の顔を見る。

笑っていた。そして首を横に振った。目がドンマイと言っていた。

「よし、明日髪染めよう……」

俺がぼそりと漏らすと、

「だ、だめっ！」

急に課長が立ち上がった。

「……ど、どうしたんですか課長」

「あ、いや、その……七哉くんは茶髪とか似合わないから。ほら、人には向き不向きってあるでしょ？　べ、別に黒髪の七哉くんがかっこいいとかそういうわけじゃないけど、下手にいじらないほうがいいんじゃない？　ね！」

くちびるを思いっきり強く噛んで涙をこらえていると、奈央が優しく俺の肩に手を置いた。

奈央の顔を見る。

笑っていた。そして首を横に振った。口がドンマイという形に動いていた。

ありがとう奈央。ありがとう幼馴染み。

俺は強く生きていくよ。

髪は染めない。

強く生きていくと決めたから。

「それより七哉くん、ちょっといい？」

ふいに課長が真剣な声色《こわいろ》で言う。

長年の経験上この感じは真面目な話だと察《さっ》し、俺は返事をした。

「はい」

課長がクイっと手招きをしながら席を離れたので、それを追う。

なんだろう。やっぱり小冬がなにか失礼を働いて怒らせてしまった？　それとも俺自身、至《いた》らぬとこがあっての説教か？　呼び出しをくらうこの感覚、久しぶりすぎてドキドキする。

でも、悪いとこがあったならちゃんと謝ろう。

はあ……今日の俺はどうも上手くいかないなあ。

フードコートの入り口辺りで課長は足を止め振り返る。

俺は固唾《かたず》をのんで課長の言葉を待った。

「七哉くん、あなたどうかしたの？」

「……？　あの……どうかしたって言いますと？」

「戻ってきてからなんか様子おかしいから。なにかあった？」

「え？」

話ってそのこと？　さっきのことでヘコんでたのがバレたのか。だけどみんなの前ではちゃんと切り替えて、そんな暗い様子は出していないはず。現に鬼吉も奈央も気付いていなかったし。

俺は改めて課長に確認する。

「そんな元気ないように見えました？」

「元気ないってわけじゃないけど。仕事中によく見た悩んでる感じ出てたから。ウォータースライダーで怖い人にでも絡まれた？　それとも財布なくしちゃったとか？　それならお金貸すわよ？」

俺は少しの間、放心してしまった。なんで。なんで、この人はそんなことがわかるんだろう。心配されないようにと隠していたのに。俺がどんなに取り繕《つくろ》おうと、見透かされる。

「どうしたの？　もしかして具合悪いとか？」

「あ、いえ、大丈夫です。ちょっとしたトラブルがあったんですけど、もう解決しましたし別に大したことじゃないです。心配かけちゃったみたいですみません」

「そう？　まあ、大丈夫ならいいけど」

「はい。でも課長はすごいなあ。課長には隠しごとできませんね！」

「あたりまえじゃない。何年一緒だと思ってるの。あ、あなたのことはずっと見てるんだから」

「ありがとうございます」

俺が頭を下げると、その上に柔らかで温かい手のぬくもりが重なった。

課長が俺の顔を見て優しく微笑《ほほえ》んで言う。

「どうしても困ったときはちゃんと言ってね。たまにはお姉さんを頼りなさい。これでも私は、あなたの上司なんだから」

ああ、やばい――――。

やばい、好きだ――――。

まじで、俺はこの人が好きだ。

感情が溢れだしそうで止まらない。

今ここで、口に出してしまいたい。

この思いのたけを――――すべて。

「か、課長……俺っ！」


「上條透花っ⁉」

突然、フードコートにいる全員がこちらを見るほどの大きな声が辺りに響いた。

俺と課長は気を取られ、その声の主を見る。

今日は厄日《やくび》か。

俺たちの前に、左近司琵琶子が現れた。

もちろん他の連中もうしろに連れている。

左近司先輩は肩に力を入れた様子で、課長を指さして言う。

「な、なんでアンタがここにいるワケ⁉」

「あ、あら左近司さん、こんにちは」

課長は控えめな声で左近司先輩に挨拶をする。気のせいだろうか、少し怯《おび》えている？

あの課長が？

左近司先輩はというと、なぜか課長を睨み付け耳を紅潮《こうちょう》させている。二年生同士だからお互いを知っているのは別に驚くことでもないが、どうも雰囲気が悪いように見える。二人はあまり良好な関係ではないのだろうか。

そんな考察をしていると、ふいに左近司先輩が俺に視線を向けた。やばい、気付かれた。

「アンタっ……！　なに、上條透花の連れだったの？　聞いてないケド？」

言ってないけど。

「え？　七哉くん、左近司さんと知り合いなの？」

「それはこっちのセリフだケド。アンタたち、まさか付き合ってるの？」

「なななななななななにを言っているの左近司さん！　そんなに私たちが付き合ってるように見えるの⁉　そ、そんなに⁉　えーうそー！　そんなに⁉　ちょっと、やだ、困るじゃない！　どういうこと？　付き合いたてでお互いが意識しすぎちゃってぎこちなくなってる初々しさが溢れちゃってるってこと⁉　それとも長年寄り添ってそれはもうお互いのすべてがわかっていて見るからに熟年カップルのイチャイチャぶりが漏れちゃってるってこと⁉　そんなに付き合ってるように見えるの⁉」

「別に見えないケド」

「見えないの⁉」

「それより、質問に答えてほしいんだケド。付き合ってるの？　付き合ってないの⁉」

なんか互いによくわからないベクトルでヒートアップしているな。とりあえず俺が割って入ろう。

「左近司先輩、俺と上條先輩は付き合ってませんよ」

「……あっそ。別にそんなことどうでもいいケド！」

なんだ、どうしたんだ左近司先輩。やけに今回はケンカ腰だな。やっぱり課長と仲悪いのか？　それともさっきのことが尾を引いて、俺に対しての怒りが収まっていないのか……。

どちらにしろムードが険悪すぎる。さっさとこの場を離れよう。

「課長、もう行きましょう」

俺は課長に小声で言う。

が、地獄耳なのか左近司先輩にも聞こえたらしく。

「ちょっとまだ話は終わってないケド」

話もなにも、同級生と偶然出くわしただけで、他になにが気になるというんだろう。

「左近司さん、まだなにか用？」

課長は相手を刺激しないような穏《おだ》やかな口調で聞く。どうもこの様子だと課長は穏便《おんびん》に済ませたい気持ちがうかがえる。一方的に敵意を持っているのは左近司先輩だけらしい。

「上條透花、付き合っていないなら、なんでこの男とつるんでるワケ」

「なんでって……と、友達だから？　左近司さんに関係ある？」

「────っ！　か、関係あるかないかなんてどうでもいいでしょ！　こんな男！」

「ちょっと、こんな男って言い方はいくら左近司さんでも聞き捨てならないわ」

「へー、よっぽど気に入ってるワケ？」

「ええ、そうね」

控えめだった課長の言動が、ここに来て熱を帯び始めた。

二人の間に飛びかう火花が見える。しかし、俺はこのバトルの根本的な原因が一つもわかっていない。なんでこの人たちケンカしてるの？

できればこれ以上揉めないでほしいのだが、俺の思いとは裏腹に、いらぬ横槍《よこやり》が入る。

「琵琶子の言う通りだぜ上條さん。この男がどんな男か知ってるのか？」

毎度お馴染み左近司琵琶子の取り巻き男子が前に出てきた。

この男は……今日、俺を何度、地獄へ陥《おとし》いれれば気が済むのか。

「あなた…………誰？」

「お、同じクラスだろ！　むしろ琵琶子が違うクラスなんだから俺のほうが近しいはずだけど⁉」

なにこいつ、課長と同じクラスなのに覚えられてないの？　ダサ。

「そうだったかしら……。ごめんなさい」

「と、とにかく！　こいつは琵琶子にとんでもないことしたんだぞ！　なあ、琵琶子！」

はー終わった。たとえ誤解だろうと、この圧倒的不利状況。左近司先輩が鶴の一声でこいつは変態だと告げれば、見事、ＪＫの水着をほどいたドスケベ野郎のレッテルが貼《は》られ、俺の冤罪《えんざい》が成立する。残念ながらこの状況をひっくり返して課長を説得できる自信は俺にない。不可能だ。

俺は半《なか》ば諦めという名の覚悟をして、ゆっくりと左近司先輩の言葉を待った。

「……別に」

「ん？　どうした琵琶子？　言ってやれよ」

「別にこんな男知らないケド！　もーいい！　行くわよ！」

「え、お、おい琵琶子！」

左近司先輩は険《けわ》しい表情のまま俺たちの脇を抜け、歩いていった。

あれ？　た、助かったのか？

と、油断をした直後、左近司先輩がこちらを振り返る。

そして、一言。

「アンタたち、全然お似合いじゃないからね！」

そう言って、今度こそ彼女は去っていった。

なぜ左近司先輩が俺の失態を暴露しなかったのかはわからないが、とにかく助かったようだ。

俺は気が抜け、ため息をつきながら課長を見る。

「さ、行きましょうか課長……。課長⁉」

気絶していた。立ったまま課長が気絶していた。

「課長！　大丈夫ですか課長！」

かろうじて意識を取り戻した課長が口から魂《たましい》ごと漏らすように小さく言う。

「オ……オニアイジャナイ……」

「課長しっかり！　課長ー！」

はてさて、こうしてトラブルだらけの夏休み最初の予定がすぎていくのだったが。

今日の楽しいこのウォーターパークの一日が、これから始まる大波乱な夏休みの、序章にすぎなかったことを、このとき俺はまだ知る由《よし》もなかった。

とか、言ってみる。

→ 上條透花さんの日記　非公開

← 以前の日記

上條透花の鍵アカmixi日記　【社会人2年目】

4月21日　火曜日

新人が配属されてから二日目

下野くんは完全に私のことを覚えていない……

だって今日お昼みんなで食べたのに、全然高校の話題振ってこないんだもんヽ(`Д´)ノ!!

話す機会はいくらでもあったのに！

会社の先輩と母校が一緒だったらフツー話題に出すでしょヽ(`Д´)ノ!!

つまり、話題に出さなかったってことは、同じ高校だということを覚えていないか……

そもそも気付いていないか。･ﾟ･(ノД`)･ﾟ･。

こうなったら明日、私から切り出してやる(*'ω'*)!!

第２章 左近司琵琶子がツンツンする理由

Why is my strict boss melted by me？

早いもので夏休みも始まってからすでに二週間がすぎ去り、気付けば八月の上旬を迎えていた。

ウォーターパークの日から数えて、五日後のことである。

朝、十時と遅めの起床をした俺《おれ》がリビングに顔を出すと、そこには家族の姿がなかった。妹も、母親も、父親も。誰《だれ》もいない静かなリビング。まあ、普通に考えて両親は仕事だろうし、妹は部活かなんかだろうと、俺は特段、気に留めることもなくソファに身を投げて、そのままリモコンでテレビのスイッチを入れた。

あくびをしながらメシなに食べようかなーと考えていたところで、テーブルに置いていた携帯が激しくバイブする。しかし、いまだにこのガラケーの荒ぶるようなバイブレーションは慣れない。着信するたびに心臓が飛び出しそうだ。バイトでもしてスマホに替えようか。あーでも、このころのスマホって最新機種でもない限り、けっこう動きが重くてストレスたまるんだったよな、確か。ヌルヌル動くのが当たり前になっていた十一年後を知っていると、なおさらイライラしてしまうだろう。

なんてどうでもいいことを思いながら携帯を取ると、着信は母親からだった。

『あ、出た。七哉《ななや》、そういえばお土産《みやげ》なにがいい？』

「お土産？　なにどっか行くの？」

『なに言ってるの。今日から一週間みんなでハワイ旅行じゃない』

「は？　ハワイ⁉　みんなでって、いや俺は⁉」

『はあ？　あんた自分で行かないって言ったんじゃない。今さら来たいって言ったって遅いわよ。お父さんもお母さんも夏休みと有給くっつけて、この日のためにちゃんと計画立ててたんだから』

いや、その計画をなぜ俺が知らない！　家族旅行じゃないの⁉　夫婦だけ⁉

「小冬《こふゆ》は？」

『小冬も来てるに決まってるじゃない。なに、あんた寝ぼけてるの？』

なんだ、俺がおかしいのか？　そんな計画、初めて聞いた……いや、ちょっと待て。確かにタイムリープしてからは初めて聞いた。じゃあ、タイムリープする前はどうだ。

正真正銘の十一年前。タイムリープした五月よりも前。ああ、そうだ、思い出した。

この年、三月くらいからずっと夏休みはハワイに行こうと家族で計画を立てていた。そして俺は、ちょうど高校に上がる年。部活に入るかもしれないし、高校に上がってみないとなにがあるかわからないから、とりあえず今回はパスする予定にしたんだ。ただし条件付きで。

条件の内容なんてたいしたもんじゃない。

高校へ入学してみた結果、部活に入ることもなくやっぱりハワイに行きたくなったら、ホテルの予約の兼《か》ね合いを見て、五月中に親まで伝えること。

もちろんそんな大昔のこと忘れていた俺は、タイムリープしてからハワイの話題なんて出さなかった。あっという間に五月は終わり、家族の中で俺のハワイに行かないという意思が知らぬうちに確定していたのだ。

『もう、適当に買ってくるからね。じゃあ、悪いことしないようにね』

俺が過去の自分を悔《く》いている間に、母親は一方的に電話を終わらせた。

くそ……ハワイ……行きたかった！

一度目の高校時代はちゃんと思い返してハワイへ付いていったんだ。そして、そのハワイはめちゃくちゃ楽しかった。

それ以来、俺はハワイどころか海外旅行をしたことがない。

せっかくの二度目のハワイチャンスを棒に振ったのだ。

「あはは……あはははは……別にいいんだ。だって、日本には課長がいるじゃないか」

俺は天井《てんじょう》のシーリングライトを見つめ乾いた笑い声を上げた。一人きりのリビングで。

そうだよ、この夏は課長と仲良くなる絶好のチャンス。唯人《ゆいと》さんが言っていた課長への恩返しだってするんだ。俺が貯めたいのはマイルじゃなくて恩ポイントだからな。ハワイなんか行ってる暇ないんだぜ。あはは。

ブーッブーッ！

「うお！　ったくうるせーな！　なんだよ！　まだなにか言い忘れたことでもあるのかよ！

これ以上、息子を追い詰めるなよ！」

俺は半《なか》ばキレ気味に携帯を再び手に取る。

「はい、もしもし！」

『もしもし。下野《しもの》七哉の携帯だよね？』

「……？」

声が母親ではない。

俺は携帯のディスプレイを見る。知らない番号だ。

誰だ……？　この声、どこかで聞いたことが……。

『今からファミレス来てほしいんだケド？』

この特徴的な口調……。

間違いない。――――左近司琵琶子《さこんじびわこ》だ。

◆

国道沿いを歩き、俺は左近司先輩に指定されたファミレスへと向かっていた。ジリジリとした日差《ひざ》しが俺の肌を焼く。

なぜ左近司琵琶子が俺の携帯番号を知っていたのか。彼女は淡々《たんたん》と、

『ビワの人脈使えばアンタの番号ゲットすることくらいワケないんだケド』

なんて、恐ろしい返答をしてきた。

俺は今さらになって、とんでもない相手を怒らせてしまったと思い知らされる。

いったいどんな話をされるんだろう。これから三年間の高校生活、明るい場所を歩くことができなくなるとか？　それとも彼女を取り巻くすべての陽《よう》キャからパシリにされるとか？

いや、『話をされる』なら、まだマシだ。下手したら、ファミレスには怖い二年生や三年生の男子が待っていて、そのまま拉致《らち》されヤキを入れられるのでは⁉

そう考えたら、律義《りちぎ》に彼女の指示に従っていていいのだろうかと疑問を持ち始めた。このままファミレスなんか行かずに逃げればいいのでは？

いいや、ほとんど接点もなかった相手の携帯番号をあっけなく入手する女だぞ。逃げたところで、ただの延命にしかならないだろう。

ならば自ら出向いて戦うしかない。

大丈夫。なんだかんだ言っても相手は高校生だ。肉体的に向こうが年上だろうと、俺は

彼女らより何年も多く人生経験を積んでいる。大人の対処方法というのを知っているのだ。

暴行されそうになったら店員さん呼ぶだろ？　警察呼んでもらうだろ？　学校に連絡するだろ？　はい、社会が俺を守ってくれます！

これが法治国家に生きる大人の知恵だ！

大丈夫、怖くなんてない。だから俺の足が震えているのは恐怖が原因なんかじゃない。プールの筋肉痛がまだ残ってるだけだ。

くそー！　本当なら今、飛行機にのってハワイに向かっているはずなのに！　なんで俺は徒歩で地獄に向かっているんだ！

そして、その地獄の扉が俺の前へと現れた。

ファミレスの駐車場を抜け、入り口までたどり着く。

俺は深呼吸をしてから重たいドアを引いた。冷房の涼しい空気が一気に俺の体をクールダウンさせる。さあ、被告入廷《にゅうてい》だ。

入店確認でやってきた店員に、連れが先に入っていると告げ、店内を見回す。

――いた。

ド派手な金髪ツインテールの後頭部が俺の視界に入った。

その頭を目印にゆっくりと足を運ぶ。

今のところ見る限り、左近司先輩は一人のようだ。

しかし、油断はならない。このあと大勢の仲間たちが押し寄せるかもしれない。いや、すでにこのファミレスの中に潜《ひそ》んでいる？　周りに座っている客たちが全員敵に見えてきた。

さっきまで暑さで大量に噴き出ていた汗が、冷房で冷やされ体中を不快感で包む。

気持ちを落ち着かせ、俺は左近司先輩の前で足を止めた。

「お待たせしました、左近司先輩」

あいかわらずド派手なピンクのパーカーを着ている彼女は、飲んでいたメロンソーダをテーブルに置きゆっくりと俺を見た。

そしてピンク色のリップで煌《きら》めくプルプルのくちびるを震わせ、言った。

「おー、七《なな》のすけ！　来たかー！　さ、そこ座って。もー待ちくたびれたんだケド」

まるで彼女だけに陽の光があたっているのかと錯覚《さっかく》するほどの明るいスマイルを見せ、俺を迎える左近司先輩。

俺は拍子抜けし、しばらく体が固まってしまう。

「ちょっとウケるんだケド、七のすけ。早く座れし」

「あ、はい、すみません左近司先輩！」

「オイー、左近司じゃなくて琵琶子って呼べしー！　オイー、七のすけ、オイー」

左近司先輩が俺のレバー目がけてペチペチとかわいいボディブローを入れる。

「ちょ、ちょっとやめてください左近司先輩！」

「だから琵琶子って呼べしオイー。七のすけオイー」

「わ、わかりましたよ琵琶子先輩！　てかさっきから七のすけってなに⁉」

「なんだ七のすけは女子からあだ名で呼ばれたことないのか？　童貞かよーオイー」

いつまでもボディブローをやめてくれないので、俺は逃げるように琵琶子先輩の向かいへと座った。

いったいこの状況はなんだ。怒っているとは到底思えない琵琶子先輩のテンション。今までクール系のギャルと思っていたが、普通にギャルだったのかこの人。普通にギャルってなんだよ。

「あの……琵琶子先輩、怒ってるんじゃないんですか？」

「は？　ちょっとなに言ってるかわからないんだケド。ウケる」

「いや、ウォータースライダーでのこと」

「あー、なるなる。あんときはビワもテンパってたからさ、アンタが水着取ったワケじゃないってわかってたんだけど……悪かったね。詫《わ》び」

怒っているどころか逆に謝られてしまった。

「いえ、誤解が解けているようでしたら安心しました」

「あはは、なに七のすけビワが怒ってると思ってそんなに怯《おび》えてたってワケ？　ちょっとカワイイんだケド。でも、あんときなんで他《ほか》のメンツが誤解してるのに反論しなかったの？」

「そりゃ、琵琶子先輩がつらい思いしたのは事実ですし……あまり騒いでことを大きくしてもと思いまして」

「おっ、七のすけ優しいじゃーん。そういえばビワのために水着見つけてくれたり、体隠してくれたことお礼言ってなかったね。サンキュ」

ニッコリ笑って琵琶子先輩が拳《こぶし》を突き出した。

「ど、どういたしまして」

俺もそれに応《こた》え、戸惑《とまど》いながらも拳を合わせる。

どうやら、俺の不安は杞憂《きゆう》だったようだ。

まさか、こんなに気さくな先輩だとは思わなかった。

安心したせいか、ドッと疲労が押し寄せる。しかし、怒っていないならなぜ俺はここへ呼び出されたのだろうか。わざわざ電話番号を調べられてまで。

「ビワ、七のすけのこと気に入ったんだケド」

「え？　気に入った？」

「そ！　いいやつだし、カワイイし」

「はあ……ありがとうございます」

どういう展開だこれ。

「ふふふん」

「琵琶子先輩……？」

彼女は不敵《ふてき》な笑みでこちらをジッと見つめる。

「ねえ……七のすけ、このあと、二人きりになれるところ……行かない？」

「ふ、二人きりに……？」

「うん、誰にも邪魔されないとこ……行きたいんだケド」

マジで、どういう展開だこれ!!

◆

薄暗い密閉空間。狭い部屋の天井には赤と緑のランプが怪《あや》しく俺たちを照らしている。

ソファに座る俺の隣で琵琶子先輩がピトっと肌を寄せた。吸い付くような彼女の柔らかさに俺は唾《つば》をのむ。

「ねえ、七のすけ」

色っぽい声に彼女の顔を見ることができない俺は、逃げるように視線を落とす。しかし、その先には大きく開いた胸元《むなもと》。パーカーの奥から黒のブラジャーがチラリ。小ぶりながらも膨《ふく》らんだ果実がキュッと寄せられていて魅惑《みわく》の谷間を作っている。

再び俺は唾をのむ。

「は、はい……」

俺のほほに花の香りを漂《ただよ》わせている金髪が触れる。まるで食虫植物。甘い香りで獲物を誘い出す危険な花だ。

「次はぁ……」

ゴクリ……。

「なに歌おっか！」

「いや、何曲歌うんですか！　話があるんじゃないの⁉」

駅前のカラオケに来てから、かれこれ三時間。俺はこの密閉空間で延々と彼女のデュエットに付き合わされていた。

邪魔されないってこういうこと⁉　確かに誰にも邪魔されずめちゃくちゃ歌ってるけど！

「ノリわるー七のすけ。下がるんだケドー」

「三時間付き合ったのにその言い草《いぐさ》！　いい加減、本題に入ってください！」

「七のすけめっちゃツッコミするじゃん。ウケる。絶対お笑い芸人なれるよー」

「ギャル特有の根拠のない軽っ軽な太鼓判《たいこばん》！　いいから、早く本題！」

「あはは！　わかったんだケド！　わかったから笑わせないでほしいんだケド！」

マジで調子くるうなこの人は。誰にも聞かれたくない相談をしたいって言うから二人きりになれるカラオケまで付いてきてあげたのに。まったく。

「それで、相談っていうのは？」

「これ誰にも言わないでよ？　七のすけのことは本当に気に入ったから話すワケ。言ったら許さないんだケド」

「わかりました。ちゃんと琵琶子先輩が真剣なことは伝わってますから」

「じゃあ、言うよ」

「はい」

「……上條透花《かみじょうとうか》」

「……はい？」

「上條透花のこと」

……ここで課長か。

一応、少しは予想していた。

あのフードコートでのやりとり。二人の間になにかあるのではと、正直、気になっていた。それぞれ別のベクトルでスクールカーストのトップに君臨する二人だ。彼女らなりの因縁《いんねん》があるのかもしれない。

まあ、因縁は言いすぎかもしれないが、少なくとも琵琶子先輩は課長に敵意を持っているだろう。あの態度で敵意がなければ、ただのツンデレだ。課長だってその敵意に気付いている。でなければ、いつも凛《りん》とした課長があそこまで弱気に見えるわけない。もしかして弱みを握られているのかも。

となると……琵琶子先輩が今から打ち明ける相談の内容次第では、俺が板挟《いたばさ》みの立場になる可能性が出てきた。

しかし、今さら相談を聞けませんなんて薄情なことも言えない。

彼女だって悩んだ末、俺に打ち明けるのだ。

だったら、まずは話を聞いてみるべきだ。そこから考えれば、いい解決策だって見つかるかもしれない。

俺は覚悟を決めて、琵琶子先輩の目をまっすぐと見た。

「上條先輩のことですね」

「そう。ビワ……上條透花と……」

「…………」

「透花ちゃんと仲良くなりたいの!!」

「…………」

「…………」

「…………」

「…………」

「へ？」

「だから、透花ちゃんと仲良くなりたいの!!」

「琵琶子先輩が？」

「そう！」

「課長と？」

「課長って誰!?」

やばい、意味がわからん。あれだけ敵意をむきだしにしていた相手と仲良くなりたい？

「ちょっと混乱してるんですけど、なんでまた課長と仲良くなりたいなんて……？」

「だから課長って誰なんだケド!?　なに、もしかして七のすけ、透花ちゃんのこと課長って呼んでるの!?　意味わからなすぎて気持ち悪いんだケド！」

「いや、琵琶子先輩だってさっきからさりげなく課長のこと透花ちゃんとか呼んでるじゃないですか！　意味わからなすぎるのこっちですって！　琵琶子先輩ウォーターパークで会ったときも課長にすごいケンカ腰だったじゃないですか!?」

「あ……あれはっ！」

「あれは？」

「透花ちゃんの前だと緊張していつもああなっちゃうんだケド！」

あー、なるほど、なるほど。

ただのツンデレじゃねーか！

裏もなにもない、どストレートのただのツンデレだったわ！

「じゃあ、そもそも琵琶子先輩は課長に敵意なんかないと」

「うん」

「むしろ友達になりたいくらい好きだと」

「あれは、小学生三年生の頃《ころ》だったわ……」

なんか語りだしたぞ。ギャルの会話のテンポ付いていくのしんど。

「ビワと透花ちゃんは同じ小学校だったワケ。学校のマドンナだったビワはクラスのみんなにも、知らない上級生にもカワイがられて、自分が一番カワイイお姫様だと思っていたの。だけど、隣のクラスにもっとカワイイ女の子が転校してきたって噂《うわさ》が流れてきたワケ。それが上條透花だった」

へー、二人って同じ小学校だったんだ。じゃあ、一応、幼馴染《おさななじ》み……になるのかな？

「ビワはすぐに隣のクラスまで確認しに行ったワケ。確かにとてもカワイかった。お人形さんみたい。でも別にイケてるとは思わなかったワケ。ビワのほうが断然イケてるんだケドって思ってたワケ」

え、この人、小学生からギャルだったの？　ギャルの申し子じゃん。そりゃトップになるわ。

「だけど学校のみんなは上條透花にばかり夢中になっていった。悔《くや》しかったぁ。すっげー悔しかったあ～」

めちゃくちゃ感情入れてんな。朗読劇でも聞いてんのかと思ったわ。

「だからビワは上條透花を殴りに行ったの」

「発想が野蛮！　小学生にしてその発想！　やっぱり怖いギャルだった！」

「だけどそのとき、たまたま上條透花の噂を聞きつけて教室まで来ていた上級生の男子とぶつかっちゃって、ビワは転んじゃったワケ。ビワは文句言ってやろうとそいつをキッと睨《にら》んだの。そしたら男子はビワを見下ろして『邪魔だよブス』って睨み返してきたの。ビワはそのとき初めて上條透花に敗《ま》けたと思ったワケ。あんなにビワをお姫様扱いしてきた人たちが、本物のお姫様が現れたとたん、飽きたオモチャを捨てるように冷たくなる。その現実を思い知らされたビワは、目の前にいる大きくて強そうな男子が急に怖くなって、なにも言い返すことができなかった。ああ、イケてないなビワ。すっごいダサいわ。もう、自分の教室に戻ろう……そう思ったとき、ビワの前に上條透花が来て手を差し出してくれた。そして男子に向かって言ったの。『謝りなさい』ってね。ビワが怖くてなにも言えなかった、ビワたちよりひとまわりもふたまわりも体の大きい上級生に向かって。惚《ほ》れたね。ビワは完全に惚れちゃったってワケ。透花ちゃんに。ビワも透花ちゃんみたいな強い人になりたいって、心の底から思った。これがビワの透花ちゃんとの出会い。どう？　理解した……ってなに七のすけ泣いてるの⁉」

「うううううう……！　さすが課長！　さすが上條透花！　小学生のころから、課長は課長なんだ！　なんて心優しく素晴らしいお方なんだ！　かっこよすぎる！」

「七のすけ……アンタ、わかってくれるんだね！　そうなの！　透花ちゃんはカッコいいの！」

「わかりますよ！　当たり前じゃないですか！　琵琶子先輩こそよくぞわかってくれました！」

「オイー！　七のすけオイー！」

「オイー！　琵琶子先輩オイー！」

俺たちは芯《しん》の部分でお互いを理解しあった。

琵琶子先輩と初めて話したとき課長に似ているなと思ったけれど、なるほど、その理由がよくわかった。自分の正義を通す課長の強さに憧《あこが》れて、彼女も間違ったことには立ち向かう強い人間になったのか。

それにしても琵琶子先輩の解説は非常によかったな。ちゃんと時系列に沿った自分の心情に合わせて、課長の呼称を使い分けている辺りが完璧《かんぺき》だ。感情移入しやすかった。

「琵琶子先輩トーク上手《うま》いんですね。すごいわかりやすかったし意外でした」

「オイー、意外ってどういうことなんだケドー。オイー」

「あはは、すみません。さっきまで、ちょっとおバカなギャルなのかなって思ってました」

「オイー、七のすけー、オイー。まーバカは正解だケド、きゃはは。この前の期末テストも透花ちゃんより八点も低かったからなーきゃはは」

「あはは琵琶子先輩ー自虐《じぎゃく》もできるんですかーって、今なんて⁉」

「オイー、七のすけーオイー」

「そこのわけないでしょ！　課長とテストでたった八点差⁉　それってなんの科目で⁉」

「総合点だケド？」

「頭めちゃくちゃいいじゃねーか！」

あの人、期末テスト学年一位だったんだぞ！　確か平均九八点だったとか言ってたぞ！　ってことはこの人も平均九七以上は確定ってことじゃねーか！　本当、俺、ギャルの認識《にんしき》改めるわ。偏見《へんけん》ってやっぱよくないわ。

「まー、そういうワケでビワは大好きな透花ちゃんと仲良くなりたいってこと」

「あれ、でも小学校も一緒で、接点もできたわけじゃないですか？　そのときは友達にならなかったんですか？」

「いや、ビワそのあとすぐ引っ越しで隣町に転校したんだケド。入れ違いってワケ」

「なるほど。それで高校で再会したと」

「そう！　でもあの子、小学生のときよりさらに綺麗《きれい》になってて、なんてーか、もう人を寄せ付けないほどの美貌《びぼう》？　特に一年のときは透花ちゃんオーラがヤバかったたっていうか、ちょっと怖い感じだったんだよねー」

「ああ……」

　確かに高校時代の課長は孤高《ここう》の人って感じだった。俺もずっと陰から課長を追っていたけど、誰かと親しくしているところはあまり見たことがない。学業や生徒会で忙しいってのもあったんだと思う。

「それでも頑張って話しかけてたんだケド毎回緊張しちゃって……」

「つい悪態《あくたい》ついて、あんな感じでツンツンになると」

　まあ、緊張してしまうのはわからなくもないけど。ツンデレが典型すぎないか？

「多分向こうもビワに苦手意識持ち始めたんだと思う。だんだん、あからさまに避けられるようになってさー。ツラー」

「そりゃ毎回毎回あんなケンカ腰に来られたら誰でも避けたくなりますよ」

「わかってんだケド。いちいち言うなこのー七のすけー、このー」

「いてて」

　琵琶子先輩が俺のほほをつねる。

「もーいーや、完全に失敗。って一回諦《あきら》めたワケ」

「あれ、そうなんですか？」

「うん。だけどさ、なんか二年になって五月くらいからかな？　なんか透花ちゃん急に柔らかくなったんだよね。すごい変わったってワケじゃないんだケド。ビワはわかる。なんかオーラが優しくなった」

五月……タイムリープしてからだ。鋭いなこの人。多分、中身が人生経験を積んだ大人の課長になったから、高校時代の若かりし頃より柔らかく見えたんだろう。人は年を取ると丸くなるって言うからな。といってもそんな小さい変化に気付けるのは、琵琶子先輩の観察力が高いからに違いない。

「ビワのこと苦手なのは変わってないようだけど、最近はああやってかまってくれるようになったの！　この前だって『あら左近司さん、こんにちは』って名前呼んでくれたんだケド！すごくない⁉　これってチャンスじゃない⁉」

もう、恋する乙女《おとめ》だなこの人は！

「それで、仲良くなれるよう、もう一回頑張ってみようって考えたんですね」

「そういうことだよ七のすけ！　このチャンス逃したくないワケ！　でも一人じゃ上手くいかなくてさ。この前もバーガーショップで会ったじゃない？　あのときだって急に透花ちゃんの姿が見えたから急いで逃げたの。こんなんじゃいつまで経《た》っても仲良くなれっこないワケ！　七のすけ透花ちゃんと仲いいんでしょ？　プールんときはちょっと七のすけに嫉妬《しっと》しちゃってキツく当たっちゃったけど、それは謝るからさ！　ね、お願い！　手伝ってほしいんだケド！」

ああ、しきりに付き合ってるか確認したり、お似合いじゃないと捨てゼリフを残していったのはそういうことか。答え合わせができた。

さて、課長と琵琶子先輩の仲介役……か。そうはいっても、課長の琵琶子先輩に対する苦手意識はタイムリープしたからといって拭《ぬぐ》えてはいないようだし……。これがビジネスの話なら喜んで橋渡しするんだけど。そもそもビジネスで課長が誰かとコミュニケーションを円滑に取れないこと自体がない分、プライベートの関係性に俺が首を突っ込んでいいか非常に微妙なラインである。

課長の嫌がることはしたくない。もともと本来の歴史で課長は特定の人と仲良くすることはなかったのだから。それを無理に……。

いや、ちょっと待てよ。

もし、課長がそのことを悔《く》いていたら――。

俺は課長が顔を赤くしてまで訴えていた、あの言葉を思い出す。

『青春がしたい』

生徒会に精《せい》を出していた一度目の高校生活とは違う青春。

そうか……。ようやくわかったぞ。

課長がしたかった青春。孤高だった時代を悔いて、やり直したかったこと。

それは友達と楽しくすごす青春の高校生活に違いない。

だとしたら、琵琶子先輩の相談を引き受けること、すなわちそれは課長のしたかった青春を実現させる手助けになるのでは。

恩返し――――。

よし。

「わかりました琵琶子先輩！　この下野七哉、力になりましょう！」

「マジで⁉　サンキューなんだケド、七のすけー！」

琵琶子先輩は嬉《うれ》しそうな表情を浮かべ俺に抱き着いた。

「ちょ、ちょっと琵琶子先輩、恥ずかしいですよ」

「二人きりだから恥ずかしいとかないいんだケド。もう童貞ちゃんは～」

おい、童貞煽《あお》り二回目だぞ。高校生がマセやがって。

「そういう琵琶子先輩だって、そんなツンデレな性格なら経験ないいんじゃないんですかー？」

どうだ。これが童貞の強がり煽り返しだ。命中率五パーセントの弱小攻撃だ。

「さ、話も終わったし、次の曲でも入れよっか」

「……ん？」

「あービワこれ歌おっかなー」

「あれ？　琵琶子先輩？」

「ほら、七のすけも一緒に歌うよ」

「え、まさか？」

「歌・う・よ・ね？」

笑顔が怖かった。

「はい、歌います！」


よし、今日のことは二人だけの秘密にしておこう。

◆

一週間後。俺はローカル列車に揺られ、大きな山脈が見える田舎道《いなかみち》を眺めていた。開いた窓から入る風が、爽《さわ》やかな緑の香りを運んでくれる。

「それにしても七哉くんのおうちが別荘を持ってるだなんて、驚いたわ。本当にいいの？　みんなでお呼ばれしちゃって」

四人がけの向かい側に座っていた課長が、風に髪をなびかせながら言った。

「ええ、まあ、家族みんなハワイ行っちゃって、その間は好きに使っていいと両親から許可もらってますので。近くに有名な湖があって、毎年そこで夏祭りもあるんですよ。夜にやる花火大会がこれまたすごいんです」

「へイヘーイそれは楽しみだな七っち！　ＢＢＱもしような！　ＢＢＱ！」

「おう、鬼吉《おにきち》！　もちろん！」

隣の鬼吉に肩を組まれ、俺はとっさに笑顔で返す。

そんな中、対角線に座っていた奈央《なお》は口を一文字に結び、こちらをジーっと見つめていた。

「なんだよ奈央。どうかしたか？」

「七哉んち、別荘なんてあったっけ？　聞いたことないけど」

「そ、そりゃ、幼馴染みとはいっても知らないことの一つや二つはあるだろ？」

「ふーん」

奈央の鋭い視線を無視して俺はみんなから見えるように、大袈裟な身振りで足元のバッグをあさる。

「お菓子でも食べよっか……あ、あれ？」

「どうしたの？」

課長が心配そうに俺の顔を覗《のぞ》いた。

「用意したはずのお菓子がなくて……。あっ、しまった！　持ってくるバッグ間違えた！　ということは、まずい！　別荘のカギ入れておいたのに！」

「おやおやー七っち！　カギを家に忘れちまったってことかー？　おっちょこちょいだなー

七っちはー。おちょっちだなおちょっち！　あはは！」

「ちょっと、鬼吉くん笑いごとじゃないでしょ。七哉くんスーツケースの中に入れてるとかは？」

　課長が網棚にのっかっているスーツケースを見て言う。

「いえ、カギは間違いなく家に置いてきたバッグの中です」

「そう……今から取りに戻るにも、もう一時間半は電車のってるし。困ったわね」

「す、すみません……」

　俺は頭を下げながらみんなの様子をうかがった。

　奈央はあいかわらず細い目でこちらを見ているが、無視だ。俺は困った困ったと言いながら、携帯をいじる。すると、車両の連結部からガラガラっと貫通扉《かんつうとびら》が開く豪快な音が響き、背の低い女子が一人、姿を現した。

「あー、あっつい あっつい。向こうの車両、冷房きいてないんだケド！　壊れてるんじゃない！　あー、あっつい、あっつい」

　俺は座席から顔を出し振り返る。

「あっ！　あれー！　琵琶子先輩じゃないですかー！　奇遇《きぐう》だなー！　最近よく会いますねー！」

「ありゃりゃ！　そういう君は下野の七のすけじゃないかー！　奇遇なんだケド！」

　横を確認すると課長が口をパクパクと開閉しながら、青ざめた様子を見せていた。琵琶子先輩が苦手なのはわかるが、ここまで動揺するとは……。なんか奈央の手握り始めたし。

ちょっとリアクション大きすぎない？　ともあれ、俺はそんな課長を見えてないふりして、琵琶子先輩と会話を続ける。

「琵琶子先輩もどちらか遠方に行かれるのですかー？」

「うんうん！　ビワは田舎のおじいちゃんちに遊びに行くんだケド！　七のすけたちはどこか行くってワケー？」

「はい！　俺たちはこれから別荘に行く予定なんですが、カギを忘れてしまって！　あー、困ったなー」

「な、なんだってー！　それは大変なんだケドー！　どこの別荘なのー？」

俺は開いた状態の携帯を琵琶子先輩の前に出す。

「ここら辺なんですけど」

「どれどれー」

そう言って彼女は俺の携帯を手に取り、

「ふんふん、なるなる、ここかー。ここならビワのおじいちゃんちのすぐ近くなんだケド。じゃあ、みんなでおじいちゃんち泊まり来ればよくなーい？」

俺はなにも映ってない画面の携帯を返してもらい、琵琶子先輩に向かって言った。

「えー？　いいんですかー？　それは助かるなー！」

「もちもち！　来なよー！」

琵琶子先輩がニッコリ笑ってみんなを見る。

「ウェイウェイ！　いいじゃん！　琵琶子先輩よろぴくみん、赤ぴくみん！」

よし、まずは鬼吉がつれた。

「琵琶子先輩のおじいちゃんちわたしも行きたーい！　わーい！」

「ちょちょちょちょっと、奈央ちゃん！」

「なにー、カチョー？」

「なにじゃなくて！　ほ、ほらこの前に話した！」

「うん？　あー！　まーまーいいじゃないカチョー、ね？」

なんの話だろうか。よくわからないが、とりあえず奈央もフィッシュと。

残るは最難関。

「では、琵琶子先輩のお言葉に甘えましょうか、課長」

「ダメよ」

ピシャリとした声で課長が言った。

俺は琵琶子先輩に目配せをする。やっぱり、課長はそう来たか。

「そんな急な話、先方《せんぽう》に迷惑でしょ」

「ま、まあ……」

「それになんだか……怪しい」

「怪しい……⁉」

鋭い課長の眼光が俺と琵琶子先輩をとらえる。

「とにかく！　別荘に行けないのは残念だけど、現地に着いたら観光だけして日帰りで帰りましょう」

しかし、これは想定の範囲内。予想以上に怪しまれてるのが気にはなるも、まだ大丈夫。任せてください琵琶子先輩。俺だって課長と五年間一緒に働いてきたんだ。どうすれば彼女の心が動くか、多少の勝算くらいはある。

「ううう……そうですよね。すみません……俺が、俺が無能なばかりに！　みんなと楽しい夏休みをすごしたいと思って慣れないことするもんだから……。うあああ、みんな、ごめええええん！」

「ちょっと上條透花！　後輩泣かすとかヒドいと思うんだケド！」

「え⁉　え⁉　な、七哉くん⁉」

「いいんです琵琶子先輩！　意気揚々《ようよう》と別荘に誘ったくせにそのカギを忘れるなんて、どうしようもないクソ野郎の俺が全部悪いんです！」

「ビワがいいって言ってんのに、これ以上、七のすけの責任を重くするつもり⁉」

「ええ⁉　えっと……でも、こんな大人数で行ったら左近司さんのおじいさまもおばあさまもご迷惑に……」

よし、あともう一押しだ。普段は厳しい課長であるが、この人は部下の責任をすべてかぶりフォローする生粋《きっすい》の部下思い。俺が責任を感じているところを見れば自責の念に駆られるに違いない。

そして、課長の琵琶子先輩への苦手意識。なぜか課長は琵琶子先輩にだけは弱気なので、いつもみたいにケンカ腰にいけば反論しにくくなるはずだ。

課長を騙《だま》すようで心が痛いが、これも琵琶子先輩、ひいては課長のため。

俺は今だ！　と琵琶子先輩に合図を送った。コクリとうなずく琵琶子先輩。そして琵琶子先輩はポケットからデコデコにデコったストラップジャラジャラの携帯を取り出した。

「これ、この前おばあちゃんから来てた留守電」

『ピーッ――――琵琶子ちゃんかい？　今年の夏休みはいつ来るんだい？　おばあちゃん楽しみでねえ。でも、いつも大事な夏休みをおばあちゃんたちに会いにくるためだけに使わせて悪いねえ。本当はお友達と遊びたいだろうに。こっちにお友達と一緒に来られればいいのだけれど、こんな田舎に来てくれるお友達、いないよねえ。ごめんね琵琶子ちゃん。たくさんお友達来てくれればおばあちゃんも嬉しいんだけどねえ。こんな田舎じゃあ来てくれないよねえ。ごめんねえ』

「本当はビワもみんなが来てくれたらおばあちゃんも喜ぶし嬉しいんだケド。いらぬおせっかいだったみたい……」

「行くわ！　行く行く！　ごめんなさい左近司さん。七哉くんもごめんね！　そうね、大勢の方がおばあさまも喜んでくれるわよね！」

かかった！

「じゃあ、決まりね！　あ、せっかくだしビワもこっちの座席に移動しようかな。向こうの車両から荷物取ってくる！」

「あ、俺も手伝いますよ琵琶子先輩！」

俺はそう言って席を立ち、琵琶子先輩とそさくさ隣の車両へと移動した。

「いえーい！」

「上手くやりましたね先輩！」

俺たちは貫通扉が閉まり三人から見えない位置に来た瞬間ハイタッチをする。

「サンキュー七のすけ！　こんなに上手くいくとは思わなかったんだケド！」

「それにしてもよくおばあさん、あんな仕込み音声、快《こころよ》くとってくれましたね」

「だから言ったじゃん。ウチのおばあちゃんそういうノリわかる人なんだって！　七のすけも上手いことみんなを誘い出してくれたね」

「本当は別荘なんてないから、あとから奈央なんかに追及されたら面倒ですが、まあ、いいでしょう。これも琵琶子先輩と課長の仲を取りもつためです！」

「オイー！　かっこいいんだケド七のすけーオイー！」

「あはは、ちょっとやめてくださいよ琵琶子先輩～」

お得意のボディブローをわき腹にくらいながら、俺は網棚にのっかった琵琶子先輩のスーツケースを下げる。

琵琶子先輩に呼び出されたあの日、フリータイム六時間のカラオケを歌い切ったあとのことだ。琵琶子先輩は毎年、夏休みになると田舎のおばあちゃんの家に遊びに行くという話をしてくれた。近くには川もあるらしく、おじいさんがバーベーキューやキャンプに連れてってくれたり、おばあさんとは有名な湖での夏祭りに行ったと、夏の思い出を語る琵琶子先輩はとても嬉しそうだった。そして、課長と仲良くなるために自慢の田舎へ招待する計画はどうかと俺に提案した。

最初、俺はのり気ではなかった。なぜなら、今の二人の関係性で田舎に招待するのはあまりに不自然だと思ったからだ。招待したところで課長がイエスと答えなければ計画もなにもない。ただでさえ、苦手意識を持っている琵琶子先輩から誘われて、あの人は首を縦に振るだろうか。無理だろう。だが、しかし。この企画、内容はとてもいい。田舎での非日常的なひと夏。それは二人の距離をグッと近づけるに違いない。川でバーベキューをしたり、お祭りに行ってみんなで花火を見たり。絶対にいい思い出になるはずだ。

ていうかハワイに行けなかった俺は普通に自分が行きたくなっていた。

だから、琵琶子先輩に三日待ってくれと言った。その間になにか上手く課長を連れ出す手はないか。

俺はない頭で必死に考えた。

そして、実行されたのが今日の作戦だ。

若干《じゃっかん》、強行突破的な部分もある粗《あら》い作戦ではあったが、無事成功したのだから問題はない。

琵琶子先輩は課長と距離を縮められる。課長は友達が増え楽しい夏の思い出ができる。

俺は課長への恩ポイントを貯められる。

一石三鳥じゃないか。素晴らしい！　しかも課長とすごせる小旅行！　最高！

「いやー、楽しみですね」

「だねー。これも七のすけのおかげなんだケド。マジ感謝」

「いえいえ、じゃあ向こうの車両に戻りますか」

「オッケー。あ、七のすけ」

「はい？」

「ビワのおじいちゃん、かなりクセモノだからヨロシクねー」

「……」

ルンルンと歩き出す琵琶子先輩。

なんか、不穏《ふおん》なフラグ立ててったけど……ま、大丈夫だよね。

◆

「で、でかい……」

「ん？　なになに？　わたしのおっぱいがでかいって？　もう七哉は本当、巨乳好きだなー」

「七のすけ巨乳好きなの？　ウケるんだケド。奈央ぽんのおっぱい巨乳っていうか爆乳だもんね。チョーやーこいんだケド」

「あー、琵琶子ちゃんちょっと勝手に揉《も》まないでよー！　一回五十円だぞ！」

安い！

「って、おっぱいの話なんてしてないんだよ！」

Tシャツ越しの巨乳を荒れくるうように揉んでいる琵琶子先輩と、バカみたいに揉まれながらイヤンイヤン言ってる奈央に向かって俺は言う。ていうかこの二人仲良くなるの早すぎだわ。さすが陽キャ同士。そのノリで課長ともサクッと仲良くなれないもんかね、この困ったツンデレ先輩は。

そんな課長が鬼の形相《ぎょうそう》でこちらを見ているのが視界に入ったので、俺は冷や汗をかきながら二人にもう一度言う。

「俺がでかいって言ったのはこの家のこと！」

課長に誤解されないよう大きな声で訂正《ていせい》しながら俺が指さしたのは、琵琶子先輩の祖父母の家。

俺と琵琶子先輩の作戦が成功したあと、目的地の駅に着いた俺たちは、そのままバスにのり、さらに田舎道の奥へと進んだ。バス停を降りれば、三六〇度、山に囲まれた大パノラマ。緑の香りと田んぼの脇《わき》に流れる小川の水音が、まるで映画の中へ入り込んだかのような夏を演出してくれていた。空にはダメ押しの入道雲だ。

そこからさらに公道を二十分ほど歩き、小さな坂を上った先にあったのが、大きな木造平屋の家だ。みんなで野球ができるんじゃないかという広さの敷地に四台分のスペースはある車庫。なにやら木材などが大量に積まれた倉庫も見える。そして気になるのは家の他にもう一棟、道場らしき建物があることだ。

俺は改めて琵琶子先輩に声をかける。

「先輩のおじいさんちってお金持ちなんですか？」

「わかんないケド、そうじゃない？」

「めちゃくちゃノリ軽いな。あの道場みたいのは？」

「おじいちゃん空手《からて》強いんだケド。ウケる～」

ウケる要素がどこにあったんだ。空手の師範《しはん》でもやってるのだろうか。なんか、急にビビってきたな。怖い人じゃなきゃいいけど。

家の前に広がる砂利《じゃり》を踏みながら俺たちが玄関までやってくると、ちょうど戸が開き、初老の女性が顔を出した。琵琶子先輩のおばあさんだろう。琵琶子先輩と似ていて背は低いが、背筋がピンとしていて若々しい。

「ようこそ、みなさんいらっしゃいました」

にこりとおばあさんが俺たちの顔を見渡す。

そこへ課長が前に出て、

「この度《たび》は急なお願いにもかかわらず、ご快諾《かいだく》いただきありがとうございます。代表の上條透花と申します。数日の間お世話になります。どうぞ、よろしくお願いいたします」

いや、外部に依頼した新人研修の引率で来た女上司みたいだな！　なんて言っても共感できるの俺だけだろうね！

「これはこれは上條さんご丁寧にありがとうございます。話は琵琶子ちゃんから聞いてますよ。ささ、中へお入りください」

おばあさんも課長に負けず劣らずとても丁寧な人だ。

俺たちはおばあさんの言葉に甘え、そのまま玄関へと入っていった。最後尾《さいこうび》にいた俺が玄関の扉を閉め、靴を脱ぐと、ふいにガッとおばあさんに腕をつかまれた。

「あなたが七のすけ殿ですねえ？」

「は、はい」

俺は突然のことに少し動揺しながらもおばあさんに答える。

「顔を見ただけですぐわかりましたよ。ふっふっふ……このババアめにお任せくださいね」

「えっと……なんのことで……」

「あーあー、言わずもがな言わずもがな。ご心配なさらずに。ささ、七のすけ殿もどうぞお上がりください」

言われるがまま俺は土間《どま》から上がる。

なんだろうか。やはり琵琶子先輩の身内だけあって考えてることがわかりにくい。不思議に思いながらも俺はいつの間にか先に行ってしまったみんなのあとを追った。

何畳もある広い客間に荷物を置いた俺たちがひと息ついていると、ギシギシと廊下のきしむ音を鳴らし、大柄な白髪の男性が現れた。

「おう、琵琶子、来たのか」

恐らく身長一八〇以上はある男性は体格も筋骨隆々《きんこつりゅうりゅう》で、首がラグビー選手くらい太い。

琵琶子先輩が言っていたクセモノのおじいさんとはこの人のことだろう。

「あ、おじいちゃん、ひさー」

「なんだ、友達も連れてきたのか。珍しいな」

「うん、まーねー」

俺たちはおじいさんに挨拶《あいさつ》をする。するとおじいさんは一人一人の顔をゆっくりと一瞥《いちべつ》し、腕を組んだ。

「おい、琵琶子。男もいるじゃねーか」

俺はビクッと体を震わせた。おじいさんが顔をしかめている。明らかに不機嫌そうだ。

「別にいいっしょ。おじいちゃんには関係ないんだケド」

「ふん、おまえら琵琶子に変なちょっかい出してねーだろーな?」

「ちょっとおじいちゃんウザいんだケド。ウケる」

琵琶子先輩は茶化《ちゃか》しているけど、俺はわかる。このおじいさんはガチで俺と鬼吉に敵意を持っている。俺の平社員センサーが反応しているのだ。

これは下手な反応をしてはいけないパターンだ。こういうとき冗談ととらえて笑いで返すやつは三流営業マンである。俺は入社二年目までに何度も失敗して学んだ。トップセールスの中川《なかがわ》係長なら即座に場の雰囲気を読み真面目《まじめ》モードに切り替えるだろう。

もちろん、俺だって五年のキャリアを積んでいるので、その辺の対応は心得ている。

心配なのは鬼吉だ。

陽キャ代表の鬼吉が、大御所芸能人にグイグイいくタメ口タレントみたいな反応をしようものなら、俺たちは確実に、この、まるで山賊《さんぞく》の親方みたいなおじいさんに一瞬で山奥へ葬《ほうむ》られるに違いない。こんな広大な田舎の山で置き去りにされようものなら、二度と平地に下りることはできないだろう。

俺は自律神経がイカれてしまうんじゃないかというほどの動悸《どうき》とともに、鬼吉を振り返った。

めちゃくちゃ真剣な表情で正座していた。

なんなら、突っ立っている俺のほうが生意気に見えるほど、綺麗な姿勢で正座していた。

俺もすぐに正座し、二人で声を揃《そろ》えて叫んだ。

「「出してません！」」

おじいさんは三秒ほど俺たちを見つめ、

「ならいい」

と、廊下の奥へと消えていった。

「ひゃー、怖すぎてヒュイっとしたぜ！」

「ああ、死ぬかと思った」

そして、ヒュイにそんな使い方があったことを初めて知った。

「七のすけちょー汗かいてるんだケド。ウケる」

他人事《ひとごと》みたいに、まったく。

しかし、俺はまだ鬼吉を過小評価していたらしい。さすが、未来のナンバー1ホスト。

分《ぶ》をわきまえている。

俺は畳に両手をつきながら、ため息を漏《も》らし、今、何時だろうと時計を見る。

「なんだかんだ、もう十一時か」

そろそろ腹も減ってくる時間帯だ。

「へイへーイ！　みんな川行ってＢＢＱしようぜ！　ヒュイゴー！」

「おまえ朝からそれしか言ってないな！　どんだけバーベキューしたいんだよ！」

はしゃぐ鬼吉に俺がツッコむと横にいた課長も、

「鬼吉くん、バーベキューしたい気持ちはやまやまだけど、今から買い出し行って、バーベキュー場まで行くってなると時間もかかるわ。今回は残念だけどパスしましょ」

と、冷静に言葉を返した。

「えーわたしもバーベキューしたいよー。お肉食べなきゃおっぱい縮んじゃうよー」

「奈央ちゃん、そんなことじゃおっぱいは縮みません！」

課長が一喝《いっかつ》。くそ！　今の録音しときたかった！　なんでかって？　課長の口からおっぱいって言葉が発せられたんだぞ！　こんなレアな発言、神々しすぎてその部分だけで八時間耐久動画作れるぞ！

「あるんだケド」

わーわー言ってる中、琵琶子先輩が両手を腰に当てて言った。

「え？　どういうこと左近司さん？」

「あ、あるって言ってるんだケド上條透花！　肉も野菜も焼きそばの麺《めん》も！　偶然にも全部食材ここに揃ってるってワケ！　だからすぐにバーベキューできるんだケド！」

「バーベキューできるだけの食材がこのお家にあるってこと⁉」

課長が純粋に驚いたような顔で琵琶子先輩を見た。そりゃ、そんな食材が普段から揃ってる家なんてないからな普通は。まー、夏のバーベキューって仲良くなるのに打ってつけだから、これも計画の内なんだけど、ちょっと用意周到すぎたかな。あと、琵琶子先輩の言い方な。

「だからあるってさっき言ったんだケド！　上條透花、話聞いてたワケ⁉」

ちょいちょいちょい。ちょい待てちょい待て。琵琶子先輩、本当にあんたは課長と仲良くなりたいという意思があるのかね！　どんだけ口悪いんだよ。ツンデレにもほどがあるよ。俺こんな典型的なツンデレの女子って初めて見たよ。むしろここまであからさまなツンデレの人が他にいたら今すぐ俺の横に連れてきてほしいよ。

「ごめんなさい……」

ほら課長シュンとしちゃったよ。この人、本当琵琶子先輩には弱いな。セクハラ部長にはガチギレするくせになんで同い年の女子には勝てないのよ。

てかシュンとした課長かわいいな！　なに、家系図たどったら天使の血が入ってましたとかないよね？

「べ、別にアンタとバーベキューしたくて事前におばあちゃんに頼んでたとかじゃないケド。せっかく偶然にも食材あるんだから行くしかなくない？　特別アンタも連れてってあげる上條透花」

「そうね……それならせっかくだしみんなで行きましょうか」

マジで琵琶子先輩のツンデレやばいな。

俺、怖いよ。唐突に俺は今アニメの世界に迷い込んだのかと思って恐怖に身が震えたよ。

ていうか課長も課長で、なんで誰が見てもわかるこんなツンデレ発言に気付かないんだよ。

アニメとか見たことあるでしょ？　わかんない？　鈍感すぎない？

はー、まったく先が思いやられるよ。

そんなこんなで、まずはバーベキュー。

高校生らしい青春の夏休みっぽくなってきたじゃないか。

上條透花の
モーニングルーティーン

タイムリープ後 休日編

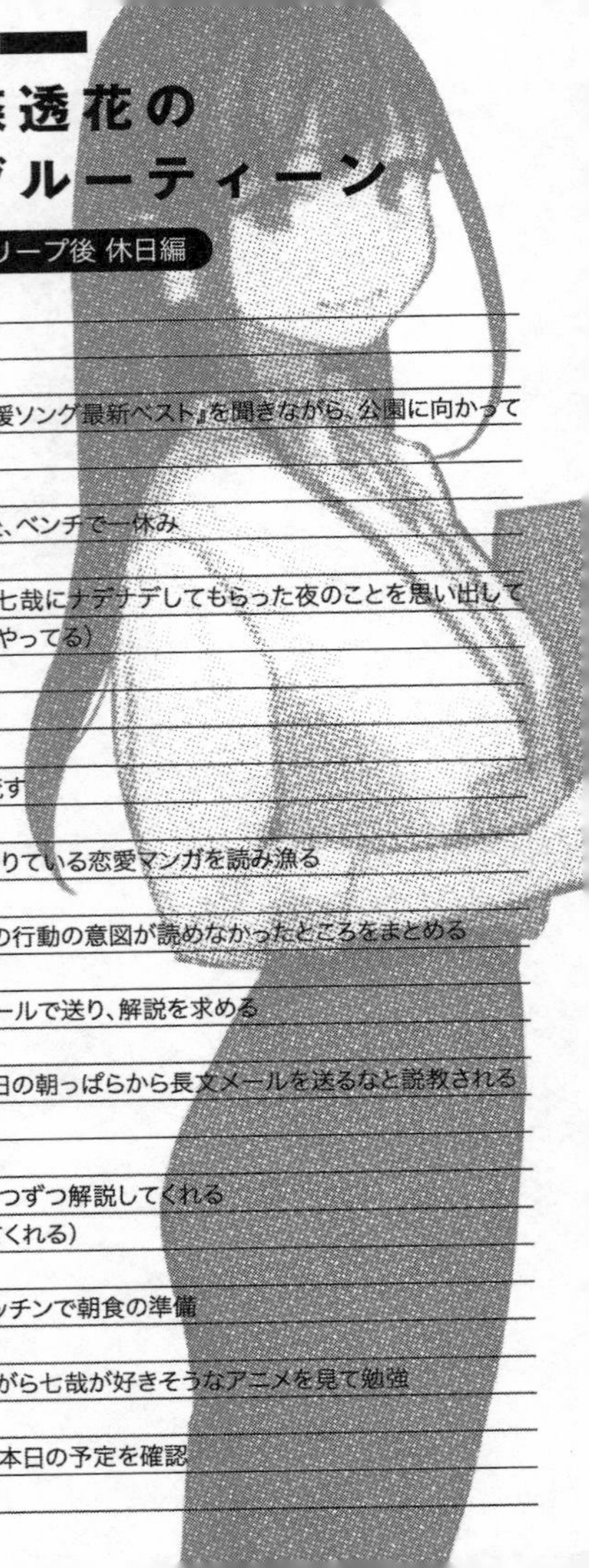

AM 05:30	起床＆歯磨き
AM 05:40	自作プレイリスト『恋愛応援ソング最新ベスト』を聞きながら、公園に向かってジョギング開始
AM 06:15	公園着。池の周りを三周後、ベンチで一休み
AM 06:20	生徒会選挙前にカフェで七哉にナデナデしてもらった夜のことを思い出してニヤニヤする（これを毎週やってる）
AM 06:25	ジョギング再開
AM 06:40	帰宅後、シャワーで汗を流す
AM 07:00	ヘアドライ後、奈央から借りている恋愛マンガを読み漁る
AM 07:30	恋愛マンガに出てきた男の行動の意図が読めなかったところをまとめる
AM 07:32	まとめた内容を奈央にメールで送り、解説を求める
AM 07:35	奈央から電話が来て、休日の朝っぱらから長文メールを送るなと説教される（これを毎週やってる）
AM 07:40	なんだかんだで奈央が一つずつ解説してくれる（毎週ちゃんと付き合ってくれる）
AM 08:00	奈央との電話を終え、キッチンで朝食の準備
AM 08:10	リビングで朝食を取りながら七哉が好きそうなアニメを見て勉強
AM 08:40	スケジュール帳を開いて本日の予定を確認

第3章　名探偵　上條透花の事件簿

Why is
my strict
boss
melted
by
me？

私、上條透花《かみじょうとうか》が十七歳の高校生に戻ってから初めての夏休みを迎えた。

片思い相手の部下、下野七哉《しものななや》くんへ今度こそアタックしようと頑張っている二度目の高校生活。この夏休みは勝負のカギを握る非常に大事な期間だ。

私がタイムリープ前にサブスクの動画配信サービスでよく見ていた高校生の恋リア番組でも、やはり夏から恋が急速に進展していた。夏だ。夏なのだ。

だがしかし、夏休みはもう八月に突入したというのに、七哉くんとすごしたイベントといえばウォーターパークの一日のみ。もうそこから五日も経《た》ってしまっている。

しかも、その日は私がずっと苦手としていた超美人カリスマギャルの左近司《さこんじ》さんとも遭遇してしまい、いつものようにタジタジな展開となった。タイムリープしたからといって、そう歴史は変わらない。彼女の私に対する敵対意識も当初のままだ。

なんだか七哉くんと知り合いの様子だったけど、まあ、そんな親密な関係でもないだろう。彼は左近司さんのようなイケイケなタイプが苦手なはずだ。それくらい知っている。何年見てきたと思ってるんだ。

とか言ってる割に、夏休みの間、七哉くんと会う予定はもうない。

どうにかして誘い出せないだろうか。八月にやっている花火大会など調べつくしたが、誘う口実が見つからない。こんなことならば初日に計画を立てようと集まったときに、しっかりと予定を押さえとくんだった。なにを私はたかが水着を想像されただけでテンパって。

あ……でも実際に水着を見てもらったときは綺麗《きれい》だって言ってくれたんだ。

頭に血が上りすぎてプールで冷やすまでの記憶があまりないが、彼が私の水着を褒《ほ》めてくれたことだけはしっかり覚えている。脳内プレイリストに追加済みだ。

「えへへ」

「な、なに一人で笑ってるんだい透花？」

リビングに下りてきた兄の唯人《ゆいと》が、ソファに座ってニヤニヤしていた私を見て言った。

「ちょ！　お兄ちゃん急に来ないでよ！」

「来ないでって言われても、ここ僕の家でもあるからねえ」

そう言ってキッチンの冷蔵庫からアイスコーヒーを取り出す兄。

「透花も飲むかい？」

「うん、もらう」

「おっけ」

兄がウィンクをした。

身内にそんなことされても嬉《うれ》しくないのだけれど、まあ、綺麗なウィンクだこと。

……見習おう。

「そいえば、この前アドバイスした新事業のほうはどう？」

私は兄からコーヒーを受け取り聞く。

「ああ、いい感じだよ。透花の言った通りホームページのデザインを少しいじっただけでアクセス数が倍くらいに伸びたよ。よくSEO対策の知識なんてあったね。どこで勉強したんだい？」

「ま、まー、いろいろとね。あと、これからスマホ普及率は絶対上がってくるから、そっちへのサイト対応も早めに対策しといたほうがいいよ」

「確かにスマートフォンは今や一般に定着しつつあるしね。僕もそこには目を付けていたよ。

透花は高校生なのに先見の明《めい》がありそうだ」

まあ、タイムリープしてるのだから、あって当然なのだけれど。占い師とかやったら儲《もう》かるかな？　でも十一年後まで限定になるか。

「ってことで、アドバイスの見返り。いいよね？」

「もちろんさ。長い目で見たらお釣りが出るくらいの利益《りえき》をもらったからね」

「やったー！」

私はソファから立ち上がって喜んだ。

「喜ぶ姿は高校生そのものだねえ。ところで、透花は年下が好きなのかい？」

「ブッ‼　はあ⁉　なんのこと⁉」

「いや、ほら、透花が同級生と親しくしているところあまり見たことがなかったけれど、最近は年下の後輩たちとよく遊んでいる様子だから」

「ああ、そういうことね。た、たまたまよ。たまたま後輩の子たちと仲良くなっただけ」

「なるほど。後輩の女の子とはどう？」

「なに？　お兄ちゃん狙《ねら》ってるの？　大学生が高校生に手出そうとしてるんじゃないわよ」

「まあ僕は恋に年齢は関係ないと思ってるけど」

否定しろよ！　なに爽《さわ》やかに受け入れてるのよ！　なんでもスマイル作っときゃ誤魔化《ごまか》せると思ったら大間違いだからね。

「お兄ちゃんに奈央《なお》ちゃんは渡さないわ」

「透花はその奈央ちゃんって子のこと好きなんだねえ」

そりゃあ、いつも会社では下の女の子から怖がられて？　本当は若者がトレンドトレンドって言ってるインスタ映えするようなカフェとか一緒に行きたいのに誰《だれ》も誘ってくれなくて？　むなしく年上の事務課の課長と？　飲み会後のラーメンすすってるような社会人生活でしたから？

あんなキラキラしたかわいい後輩に慕《した》われたら、もうたまんないわけですよ。

そう、もう……。

「食べちゃいたいくらい」

「へ、へえ……。彼の夢はあながち現実とかけ離れたものでもなかったのか……」

「夢？」

「あ、いやいや、こっちの話。それより天気もいいし出かけてきたらどうだい？　家にいても物事の進展は見込めないよ。なにか悩んでいるんだろう？」

「う、うるさいわね。なにわかったようなことを」

この兄はやたらと鋭いところがある。ほんの少しでも情報を与えたら、なんでもすぐに察《さっ》してしまうのだ。しかし、彼の言う通り、一日中家にいてもなにかが上手《うま》くいくというわけでもないだろう。外に出て、一人気ままに歩いていれば、気分転換にもなっていいアイデアが浮かぶかもしれない。

私はアイスコーヒーを飲みほして、さっそく出かける準備をした。

社会人では味わうことができなかった、のんびりとした夏休みだ。

さあ、新たな発見を求めて冒険に出かけようじゃないか。

◆

発見してしまった。

真夏の炎天下、私は発見してしまった。

とんでもない現場を目撃してしまったのだ。

国道沿いのファミリーレストラン。

そこへ入る下野七哉くんの姿。

私はとっさに駐車場に入り、停まっていた車の陰に隠れる。

その先を追うと私の視界に入ってきたのは、ガラス越しに見える綺麗な色の金髪。縦にまかれた大きなツインテールは遠くからでも目立つ。

私の視力は二・〇なので、これが夏の熱気が作る蜃気楼《しんきろう》でなければ、七哉くんと左近司さんがファミリーレストランで密会をしていた。

二人きりで。

くはっ……！

落ち着け上條透花。

まだ結論を出すには早すぎだ。

しっかりとこの目で調査し、真相を突き止めようじゃないか。

そう、私は名探偵。

どんな難解な事件でも解決してみせるわ。

見た目は子供、頭脳は大人な私が、二人の関係を見極《みきわ》める！

まずは会話を聞き取れるよう、店内に侵入するか。しかし、今の私の格好といえば、半袖《はんそで》ポロシャツにホットパンツという夏の田舎《いなか》少女スタイル。変装までとはいわなくとも、せめて麦わら帽子でもあればいいのだけれど。

行くか……？　バレるリスクをおかしてでも近寄るか。こうしている間にも二人は会話を弾《はず》ませている。虎穴《こけつ》に入らずんば虎子《こじ》を得ずというやつか。

ええい！　時間がもったいない！　突入じゃ！　行くのじゃ！

私はできるだけ音を立てないように重たいドアを引き、店内へと入った。

店員さんにお一人様と告げ（一人ファミレスくらい慣れたもんよ）、七哉くんと左近司さんの座っている、はす向かいのテーブルに着席した。

そして、ホットコーヒーを頼み、聞き耳を立てる。角度的に私の姿は見えていないはず。

さあ、鬼が出るか蛇《じゃ》が出るか……。

「ビワ、七《なな》のすけのこと気に入ったんだケド」

ヤマタノオロチが出たわ！

今、確実に気に入ったって言ったよね⁉　てか七のすけってなに⁉　いつの間にそんなフレンドリーに⁉　熱っ！　え⁉　なんで私こんなくそ暑い真夏にホットコーヒー頼んでるの⁉　脳の指示系統バグってるの⁉

「琵琶子《びわこ》先輩……？」

おーおー、ちょーマテ、ちょーマテ。

え？　え？　え？

今なんて言ったこの男。

え？

左近司さんのことなんて呼んだ？

琵琶子先輩……？

『琵琶子』『先輩』『？』

なんでよ！

なんでだよ！

私のことは何度言っても、何度頼んでも、透花先輩って呼ばないくせに！

透花どころか上條先輩とすら呼ばないくせに！

なに、いつ知り合ったかもわからんような女子を気安く下の名前で呼んでんのよ！

浮気野郎《うわき》め！　とんだ浮気野郎だわ！　付き合ってないけど浮気野郎だわ！　てか熱っ！

もう、なんでコーヒーこんなに熱いのよ！　誰よ！　頼んだの誰よ！　七哉のやろー！

「ねえ……七のすけ、このあと、二人きりになれるところ……行かない？」

「ふ、二人きりに……？」

……？

…………。

………………。

ここに、上條透花探偵事務所の廃業をお知らせします。

◆

廃業はしません。撤回します。私まだなにも解決できていないから。

真相を突き止めるまで、私は名探偵としての誇《ほこ》りを捨てません。

ということで、諦《あきら》めきれない私はファミレスを出た二人を尾行していた。

紺色のキャップを深くかぶり（↑ファミレスのレジ前コーナーで買った）、駅前のアーケード街を歩く二人の背中を見逃さないよう注視する。

それにしてもあの二人、距離近くないかしら。こんな暑いのに密着してたら熱中症になっちゃうんじゃない？　人間の体温なめないほうがいいわよ。三六度もあるんだから。ちょっとぬるめのお風呂《ふろ》なんだから。

右へ左へ移動しながら追っていると、二人は大手チェーンのカラオケ店へと入っていった。

なるほど……確かに二人きりになるには打ってつけの場所ね。

二人が受付を済ませるのを待ってから私も入店。受付の名前を書きながら、エレベーターのランプで行き先を確認する。五階か。

私がもらった部屋番号は三〇七。二階分くらいなら階段で行き来できるだろう。

ドリンクバーでアイスティーを注《そそ》いだのち、まずは自分の部屋へと入る。

そしてキャップを外し、ひと呼吸。

一度、状況を整理しよう。

名探偵、推理の時間だ。

さて……左近司さんはいつ七哉くんと知り合ったのだろうか。「気に入った」ということは少なくとも複数回の接触があるはず。

単純接触効果。人は接触の回数が多いほど相手への好感度が増す。最初は断られようが何度も出向くことで取引先の信用を勝ち取る、営業マンがよく使う手法だ。

ウォーターパークで会ったときはそこまで仲がいいようには見えなかった。むしろ、どちらかというと関係は悪そうだったはずだ。

ということは今日までの五日間で幾度《いくど》もの接触が行われた。

幾度もの……。

そ、そもそも！　そもそも、こんなことは歴史上にはない出来事だ。

私は高校時代、常に七哉くんの行動を追っていた。卒業してからはさすがにその頻度《ひんど》も減ったが、少なくとも、高校時代にあの有名な左近司さんが彼と関《かか》わりを持っていたなら、この私が知らないわけがない。これだけは断言できる。

バタフライ効果による歴史の改変は多少あったとしても、左近司さんが七哉くんに自ら近づくことがあるだろうか？　正直、二人のタイプが違いすぎてそれは考えにくい。

だとしたら七哉くんから接触した？　二度目の高校生活を利用して行動を起こした。

いやいや、待て待て。さっきの理論で言えば七哉くんだって左近司さんのようなタイプに近づくわけ……。

本当か？

本当にそうなのか？

だいたい私は彼の好きな女性のタイプを正確に把握してるのか？　所詮《しょせん》、客観視した結果の勝手な私の願望でしかない。彼の口から直接、

「え、ギャル？　俺《おれ》ギャルなんて苦手ですよ～あはは～」

なんて言葉一度でも聞いてはいないのだ。

あれ……ちょっと待てよ……。

あ、あ、あのとき！　あのとき！

そう！　ウォーターパークのフードコートで休憩しているとき!!

彼は、髪を、染めたいと、言っていたのだ。

私の記憶の中で、七哉くんが髪を染めているところなんて見たことがない。

じゃあ、彼はなぜ、急に髪を染めたいと言ったのか。

答えは簡単。

ギャルだ。

ギャルに合わせるため、彼は茶髪にしたいと言ったのだ。

ド派手な金髪にも釣り合うよう。

なんてひらめき。あの、背景が真っ黒になって、こう、ぴきーんって音と共に光の筋が斜めに入ってくる、そう、事件の重要なヒントを得たときの、あれだ！

いらないよ！　そんなひらめきしたくなかったよ！

が、私の脳は本心に反逆《はんぎゃく》をするかのよう、再び、その、ぴきーんってやつをやった。ぴきーんってやつを。

「あああ、なんてこと……すべてのピースがつながってしまった」

七哉くんが普段から口にしていたこと。

高校時代に憧《あこが》れの人がいた。

それは同じ高校の先輩だとのこと。

もう、言うまでもない。

左近司琵琶子さんのことだ。

そして、私はずっと、なぜ、七哉くんと二人揃《そろ》ってタイムリープしたのか疑問を抱いていた。あの不思議な神社で、私は高校時代をやり直したいと願った。その願いは叶《かな》い、今の私は二度目の高校生活をすごしている。

どうして私はこんな簡単なことに気付けなかったのだろう。

ああ、また一つ名探偵がよく言うフレーズが出てしまったじゃないか。こんな謎《なぞ》、解きたくもないのに。自分の推理力が怖い。

私はてっきり、自分の願いの副産物として七哉くんも一緒にタイムリープしてきたのだとばかり思っていた。

違う。

彼も願ったのだ。

高校時代に戻って、憧れの人との出会いをやり直したいと。

そして、その願いは叶い、今、下野七哉は実行しているのだ。憧れの人へのやり直しアタックを！

わーーーーーーーーーーーーーーーーーーーーー！

謎がすべて解けたああああああああああああああ!!

真実はいつも一つなのだああああああああああああ!!

わー！　わー！　わー！　わー！　わー！　わー！　わー！　わー！　わー！　わー！

わー！　わー！　わー！　わー！　わー！

しかも！

しかもだ！

そのアタックは成功しつつある！

相手の左近司さんに気に入られ始めている！

若い男女が二人きりで、カラオケ店に来たら！　やることは一つ！

いや、落ち着け。落ち着くんだ名探偵。若い男女がカラオケに来たら、やることは歌うことだろう。ましてや、あの七哉くんだ。彼がそんなに貞操観念《ていそうかんねん》が低いわけはない。

だが、相手は左近司さんだ……。いかにも肉食そうなギャル。しかも、とびきりの美人。

いくら七哉くんが奥手で女性に手の一つも出せないようなヘタレチキンだとしても、あんなかわいい子に誘惑されたら……。

で、でも？　でもでも？　まだ私の推理が正しいと決まったわけでもないし？　実のところは？　たいした関係でもないのかも？　しれないのかもかも？　かもなかも？

あー、落ち着かん！

今すぐ五階に行ってすべての部屋をチェックするしかない！

通りがかりにチラッと覗《のぞ》くしかない！　証拠をつかむのだ、名探偵上條透花。

よし、行くぞ……。

ゴクリと私は生唾《なまつば》をのみ込む。

そして一度立ち上がり、一口だけドリンクを飲み、また座った。

「怖い」

推理が真実になってしまうのが怖い。

こ、ここは一度、歌でも歌ってスッキリするか。

そして感情をリセットしてから行こう。

フリータイムで入ったから時間はたっぷりある。そう急ぐこともない。捜査《そうさ》は慌《あわ》てず慎重にするのが鉄則だ。知らないけど。

私はモニターの横に置かれたマイクとデンモクを手に取り、ランキングのボタンをタッチする。

おー、おー、最新ランキングが懐《なつ》かしい曲ばかりだ。ちょうど一位の歌が私の大好きな恋愛応援ソングじゃないか。

よし、ここは一発かまして、気持ちを整えてから捜査へと臨《のぞ》むとしよう。

一人きりの部屋にイントロが流れ始め、私は勢いよく立ち上がった。

◆

「わたしを～ドキッドキッさせちゃう～どんかんおうじさまぁ～～～っ！」

さあ、今回の得点は⁉

『八九点！　抑揚《よくよう》はバッチリ！　もう少し安定したロングトーンを意識しよう！』

「かーっ！　さすが痛いとこ突いてくるねー精密採点デラックスは！　なかなか最高得点の九一点は更新できないかー」

プルルルル。プルルルル。

「ん？」

突如、部屋に付属《ふぞく》しているインターフォンが鳴った。

私はガチャリと受話器を取る。

「はい」

『お楽しみのところ恐れ入ります。終了一〇分前になりますが、ご延長はいかがなさいますか？』

「え？」

一瞬思考が止まり、私はすぐに時計を見た。

六時間経っていた――――。

『お客様？』

「あ、大丈夫です！　はい、延長は大丈夫です！」

受話器を置きダッシュで部屋を出る。廊下を突っ切り急いで階段を上る。

「なにやってんだー私は！　うあーん！」

一曲目を歌ったとき、なんだか久しぶりのカラオケの割に、いつもより高音が出るなと思い、もう一曲だけと入れた二曲目。やはりあきらかに声が出る、そうか、高校生に戻ったから喉《のど》の筋力も肺活量《はいかつりょう》も若返ってるんだ！　と気付き、入れた三曲目。

そこからは覚えていない。

ひたすらに、カラオケを楽しんでいた。

そう、私はただの、休日にヒトカラでストレスを発散するOLと化していたのだ！

このままだと本当に、散歩してヒトカラしただけの一日で終わる！

息を切らしてたどり着いたのは五階のフロア。

しかし、廊下へ顔を出したと同時に、エレベーターへとのり込む七哉くんと左近司さんの背中が見えた。

「お、遅かった……」

結局、彼らがこのカラオケでなにをしていたのか……はたして二人の関係はどこまで進展しているのか。

なにもわからないまま、私はその場に膝《ひざ》をつくのであった。

上條透花。

今度こそ、名探偵を廃業します。

◆

「っていうことが、あったんだけど、奈央ちゃんどう思う？」

翌日。

私はかわいい後輩の奈央ちゃんを誘って、隣駅にある生クリーム専門店のカフェに来ていた。木材でできている店の内装はレトロな作りで、天井《てんじょう》には大きなサーキュレーターが回っている。私と奈央ちゃんは二人でテーブル席に座り、生クリームがたっぷりかかったシフォンケーキをつまむ。まわりは高校生から大学生くらいの女子ばかりだ。

そうそう、こういうところでスイーツを食べるのが夢だったのよ。この店も教えてくれたのは奈央ちゃん。さすが現役《げんえき》女子高生。

「んー、このシフォンケーキ美味《お》しいねカチョー！　甘すぎないからバクバク食べれちゃう！」

「そうね。本当美味しい」

なんてかわいらしいのだろうか。これぞ私が求めていた女子会。あー、幸せだ。

「って、感傷《かんしょう》に浸《ひた》ってる場合じゃなくて、さっきの話！　奈央ちゃんどう思う⁉」

「琵琶子先輩が七哉といい感じー？」

「そう！　そうなの！　べ、別に私は二人がどんな関係だろうと気にしないんだけど、一応ね！　奈央ちゃん幼馴染《おさななじ》みだしね！」

「ないなーい。ないよカチョー。あの琵琶子先輩と七哉なんて、ありえないよー」

「でも実際見たのよ！　二人が親しげにファミレスで話してて、そのあとカラオケに！」

「なにか相談事でもしてたんじゃない？　七哉お人好《ひとよ》しだからなー。なんか相談しやすいんだよー。そんでいいお友達の関係で終わる男。本当、七哉かわいそーなやつだなー」

「そ、相談ねえ……。だとしても相談するくらいには仲がいいのは事実ってことよね……」

まだ恋愛関係に発展してなくても、これからそうなる可能性は十分あるということだ。

「あははー。カチョーは七哉のこと本当好きなんだねー」

「な、なに言ってるの！　別にそういうんじゃないわよ！　ただ、二人ってあまりにもタイプが違うからビックリしちゃって」

「まーまーカチョー落ち着いて。一回おっぱい揉《も》んどく？」

「あなた見境《みさかい》なさすぎない!?」

大きな胸をギュっと寄せる奈央ちゃんに私は顔を赤らめる。それにしてもすごいボリュームだ。まるでこの生クリームのように柔らかそうだ。一度くらい触ってみてもいいかも。

「あはは－、カチョーって本当リアクションとか七哉に似てるよねー！　まーでも、確かに、あの七哉が琵琶子先輩と相談事するような間柄《あいだがら》ってだけで奇跡かもね」

「でしょでしょ？」

「だけど七哉はカチョーのこと好きだし心配いらないよ」

「え？」

私は手に持っていたフォークを皿の上に置いた。

「七哉にもカチョーは七哉のこと好きだからアタックすればいいのにって言ってるんだけど、信じてくれないんだよー。もー困ったお二人さんだねー」

「奈央ちゃん」

「ん？」

「若いのね……」

「え⁉　なんかめちゃくちゃスンとした顔してる！」

この子はなにを言い出すのかと思ったら……まったく。

「奈央ちゃんは一年生だから十六歳？　まだ十五歳かな？」

「誕生日来てないからまだ十五歳だよ」

「そうよね。そうかそうか、中学校卒業したばかりだもんね」

「なんかすごい諭《さと》されている！　口調がすごい穏《おだ》やかだよ！　お母さんみたいになってるよカチョー！」

よくよく考えてみれば、私の半分くらいしか生きてないいんだもん。そりゃ、恋愛事情に疎《うと》いのはしかたのないこと。七哉くんが私に恋愛感情を抱いているなどと勘違いしてしまうだなんて、逆にかわいいいわね。

「大丈夫、そのうち、奈央ちゃんも大人の恋愛を経験して、渦巻《うずま》く恋模様ってのもわかるようになってくるわ」

「なんかカチョーに言われると腑《ふ》に落ちないんだけど！」

「奈央ちゃん……じゃあ、奈央ちゃんは誰か好きな人はいるの？」

「い、いないけど……」

「今までは？」

「うーん、いたことないかなー。小学生のとき、塾の子で年上の男子ちょっと好きだったかもしれないけど、よくわかんないかな。名前も忘れちゃったし」

「ね？」

「ね、ってなに⁉　くう、でも確かに言い返せないかも」

「人間ていうのは建前《たてまえ》で生きているのよ？　本心はなかなか見抜けないもの。恋愛が絡《から》んでくれば殊更《ことさら》にね」

「なんか難しい話、始めた！　カチョーの本心はけっこう傍《はた》から見てもわかるけど！」

「うん、そうね。奈央ちゃんには見抜かれちゃってるかもね」

「あ、絶対思ってないやつだ！　もう、この感じに持ってかれちゃったら絶対勝てないやつだ！」

私は置いていたフォークを再び握り、先端をケーキに通す。

「ところで奈央ちゃんは今まで一度も七哉くんのことは好きになったりしなかったの？」

「しないよー。わたし七哉タイプじゃないし」

「だけど幼馴染みじゃない」

「カチョー、現実はアニメや漫画とは違うんだよ。幼馴染みだからって無条件に好きになるわけないいんだよ」

「でも、コ○ンくんもは○めちゃんも、みんな幼馴染みとラブラブじゃない」

「話聞いてた⁉　しかもなんで名探偵限定⁉」

「ついこの前、探偵業を廃業したばかりだからつい」

「どういうこと⁉　カチョー探偵やってたの⁉　それはそれで興味出てきたよ！」

「ふーん、意外と幼馴染みでもそんなものなのね」

「前から思ってたけどカチョーってけっこう乙女《おとめ》チックだよねー」

「べべべ別にー？　でもー？　ロマンチックなのは嫌いじゃないけどー？」

「わかりました、わかりました。なんか今日のわたしツッコミばっかで七哉みたいだよーカチョー。あ、そーだ。そんなに不安ならカチョーにこれあげる」

奈央ちゃんがふいにカバンから取り出したのはガーデニアの香水だった。有名な別名を使うならクチナシの花。夏にぴったりな人気の香りだ。

「どうしたのこれ？」

「夏休みで遊びに来た従姉妹《いとこ》のお姉ちゃんからもらったの。奈央も高校生になったなら男を落とすために香水くらい付けろって。でもわたし香水とか使ったことないしカチョーにあげるよ」

「こんな高そうなもの、いいの？」

「うん！　こういうのは大人っぽいカチョーにピッタリでしょ？　選挙でもお世話になったしお礼だよ！　っていっても、もらいものだけどね」

「そう、ありがとう奈央ちゃん」

嬉しそうにパクパクとケーキを食べる奈央ちゃん。

そしてこちらを見て、

「とにかく、琵琶子先輩と七哉がくっつくなんてことはぜーったいないから安心しなね」

ニッコリ笑った。

目に入れても痛くないほどにかわいい後輩とは、彼女のことを言うのだろう。

そんなことがあってから四日後、私たちは左近司さんのご祖父母の家に泊まりに行くこととなった。

仲良さげな二人の提案により。

ちょっと、奈央ちゃん、言ってたことと違うじゃないのよー！

下野七哉
Nanaya Shimono

上條透花
Toka Kamijo

PROFILE

年齢:17歳(28歳)
誕生日:4月3日(おひつじ座)
学年:高校二年生
血液型:A型
身長:162cm
バストサイズ:Dカップ

好きなもの:七味唐辛子、芋焼酎、恋愛映画、下野七哉
苦手なもの:絶叫マシン、待ち時間、恋愛
特技:スケジュール管理、パズルゲーム

ROFILE

齢:16歳(27歳)
年:高校一年生
生日:5月5日(おうし座)
液型:O型
長:168cm

好きなもの:さぬきうどん、アニメ、年上女性、上條透花
苦手なもの:レーズン、恋愛
特技:バレーボール、格闘ゲーム

PROFILE

年齢:16歳
学年:高校二年生
誕生日:11月18日(さそり座)
血液型:B型
身長:158㎝
バストサイズ:Dカップ

好きなもの:チョコレート、カラオケ、かわいいもの
苦手なもの:ネバネバしたもの、ホラー
特技:短距離走、メールの早打ち、初対面の人と仲良くなること(例外あり)

中津川奈央
Nao Nakatsugawa

左近司琵琶子
Biwako Sakonji

PROFILE

年齢:15歳
学年:高校一年生
誕生日:3月25日(おひつじ座)
血液型:O型
身長:155㎝
バストサイズ:Gカップ

好きなもの:牛乳、炭酸ジュース、ホラー映画
苦手なもの:苦いもの、国語
特技:七哉をいじること、大食い

第4章

デレデレしたい真夏の大三角形

Why is my strict boss melted by me?

課長が説得されたことによりバーベキューに向かうこととなった俺《おれ》たち。近くの川に公共のバーベキュー施設があるらしいので、そこまで琵琶子《びわこ》先輩のおばあさんが自家用車で送ってくれるとのことだ。

川にも入れるらしいので、俺たちは一度動きやすい服装に着替えてから、車庫前に集合することにした。

俺と鬼吉《おにきち》は一足先に大きなファミリーカーの前で待機する。

「しかし、七っちがあの琵琶子先輩と仲良くなるなんて、珍しいこともあるんだな」

「え？　ああそう？　ま、まあ意外と気さくな先輩だし」

さすがに仲良くなった経緯《けいい》は話せない。

「あんまり仲良くすると透花《とうか》が嫉妬《しっと》するぜ？」

「あの課長が？　ないない。あの人、恋愛とか興味ない人だから」

「この前デートしたのに？」

「あれはデートじゃない」

「あはは、七っちは変なとこで頑固《がんこ》だな～」

あれはただの社会見学だ。少しは俺だってデートだと思い、意気込んでたんだけどな。まさか会社行きたいだなんて、本当、俺は眼中にも入っていないらしい。

「そういう鬼吉は琵琶子先輩と仲良くないんだな。てっきりギャル界隈《かいわい》の知り合いだと思ってたけど」

「んー。俺、高校卒業したら東京《とうきょう》行くつもりって話したじゃん？」

「うん、した」

「東京出たら、一応なんかゆくゆくは社長とかになりたいわけ」

ギャル男が軽いノリで夢物語を語ってるように聞こえるが、こいつの場合、本気で、しかもその夢を叶《かな》えるのがすごいよな。でも、

「それと琵琶子先輩になにか関係が？」

「集団のトップにいる人の立ち居振《たいふ》るまいってのは客観的に見ておきたいんだよね」

「めちゃくちゃかっこいいこと言い出した！」

「あそこのギャル界隈のコミュニティにどっぷり入っちゃうと、俺の場合、年齢的に下の立場になるっしょ？　下の立場……つまり従業員の立場になって物事を見るのは大事だと思うんだけど、それはちゃんと働いて経験したほうが身になると思うんだよね。それよりか経営側《トップ》の思考をフラットな視点で学びたいんだよ。だからあえてあの集団は避けてたってと

こかな。でも個人的に琵琶子先輩と仲良くなるのはウェルカムだぜ！　そういう意味では接点をもたらしてくれた七っちには感謝だぜ！　ヒュイ！」

「俺はおまえと親友でいいのか、その格差に自信をなくし始めている！」

「おいおーい七っち、人と人との間に格差だなんて寂《さび》しいこと言うなよー！　俺は七っちが一番好きだぜ」

「鬼吉……」

「七っち……」

「アンタたちなにやってるワケ？　男同士で見つめ合ってウケるんだケド」

準備ができたのか琵琶子先輩が現れた。

「あ、琵琶子先輩。いや、これは、そういうことじゃなくて！」

「そうだぜビワちょす、俺と七っちは相思相愛、一子相伝《いっしそうでん》」

「なんかゴロはいいけど一子相伝は適当すぎる！　あとビワちょすって、距離の詰め方が高速すぎない!?　F1レーサーかよ！」

「オニキチイエーイ」

「ビワちょすイエーイ」

二人が謎《なぞ》に拳《こぶし》を突き合わせる。ギャルのコミュニケーション難解すぎるだろ。オニキチとビワちょすってカップルユーチューバーみたいだな。これ言ってもこの時代には通じないんだろうけど。

それにしてもプールでの水着姿を見たときも思ったけど、琵琶子先輩はマジでスタイルがいい。体のラインに抑揚《よくよう》が付いていてセクシーだ。出るところは出て、締まっているところは締まっている。パーカーシャツに、短パンとサンダル。こんなシンプルな格好なのに放つオーラが違う。あとあいかわらずいい匂《にお》いだ。

「てか、奈央《なお》ぽんと上條《かみじょう》透花は？　まだ来てないってワケ？」

「そうですね……あ、来た」

玄関の方を覗《のぞ》くと、ちょうど戸がガラガラと開いて奈央の顔が見えた。

奈央はなんか知らんが学校のジャージを着ている。確かに動きやすいけど、修学旅行じゃあるまいし。

そして、うしろからツインテールの課長が姿を見せる。

ん？

ツインテール⁉

しかも琵琶子先輩の縦ロールとまではいかないが、ボリュームが出るように毛先を少し巻いている。

え？　なにあれ？　課長のあんなヘアアレンジ初めて見るんだけど。

かわいすぎ!!

どうしたんだ急に。やっぱ課長も夏だからちょっとテンション上がってるのか？

服装はというと白い爽《さわ》やかなTシャツをまるで体育祭のJKみたいに肩までまくっている。

なんかちょっとギャル感出てる気が。下はデニム生地《きじ》のホットパンツ。真っ白で細いふともがこれでもかと言わんばかりにガンガンと主張している。美しすぎる！

俺はとっさに琵琶子先輩の顔を見た。

彼女もこちらを見ていた。顔を真《ま》っ赤《か》にしてほっぺたユルユル状態。

聞こえる。聞こえるぞ琵琶子先輩の心の声が。

（なにアレ！　めちゃくちゃカワイイんだケド！）

そう顔が言っている。

奈央と課長がこちらへやってくると、キリっと鬼の速さで表情を戻す琵琶子先輩。

「お待たせーみんなー待ったー？」

「お、遅いんだケド奈央ぽん」

「琵琶子ちゃんごめんごめん！　カチョーの髪やってたら時間かかっちゃって」

なるほど。奈央が課長の髪で遊んでたんだな。

「上條透花、どういう風の吹き回し？　そんな髪型して、似合ってないんだケド！」

だからあんたは！　アホか！

「え、左近司《さこんじ》さん、似合ってない⁉」

「似合ってないケド！　ね、七《なな》のすけ！」

「いや、めちゃくちゃ似合ってますよ。天使かと思いました」

琵琶子先輩が俺を親の仇《かたき》かってほどに睨《にら》んでいる。裏切り者め、という声が聞こえるが無視。俺自身も多少ツンデレ気質なところがあるのは認めるが、これを似合ってないなんて嘘《うそ》はつけない。

課長はというと、

「天使とかバカじゃないの！　私は人間なんだから！」

ツッコミ下手だなこの人。

「もう、琵琶子ちゃん似合ってないとか言わないの。カチョーに言われてわたし頑張ったんだからー」

なに⁉　課長自らこの髪型にしたってこと？　やっぱテンション上がってんのか⁉

「ヘイヘーイそうだぜ！　かわいいぜ透花！　まるでビワちょすみたいだぜ！」

「どこがよオニキチ！　全然似てないんだケド！」

ねー、この人計画のこと忘れてない？　ほら、あんまりに琵琶子先輩が罵倒《ばとう》するから課長ちょっと泣きそうな顔してんじゃん。

でも確かに、ツインテールが並ぶと双子みたいでかわいい。奈央だって二人に負けないくらいかわいいし（おっぱいはダントツだ）、なんか今の俺、アイドルの合宿に付きそっているマネージャー……いや、プロデューサーみたいだ。

そんなことを思っていると自動車の窓が下がり、運転席からおばあさんが顔を出した。

「さ、若者たち、のりな。行くぜ！」

サングラスをしたおばあさんが、先ほどからは想像できない口調で俺たちに言った。車のったら性格変わる人なんだろうか？　めちゃくちゃ陽《よう》キャ感増したな。さすが琵琶子先輩のおばあさんだけある。

俺たちは車へのりこみ、バーベキュー場へと出発した。

◆

山道を走った先にあったのはキラキラと水面が輝く綺麗《きれい》な清流。上から見下ろすとすでに何組かバーベキューをしているのが見えた。数はそこまで多くなくとも、割と賑《にぎ》わっているようだ。

その河原へ車で送ってくれた琵琶子先輩のおばあさんは、また夕方に迎えに来てくれると自宅へ帰っていった。夕飯の準備をしておいてくれるらしい。普段はめちゃくちゃ優しい人なのに運転中はすごかった。なんかガンガン洋楽のヒップホップ流してたし。多分あの人は昔かなりヤンチャだったに違いない。

おばあさんの車を見送ったあと、白い砂利《じゃり》の上にレジャーシートを敷き、持ってきたバーベキューセットを準備する。しっかり着火剤まである用意周到さである。

ひと通り落ち着いたところで課長が音頭《おんど》を取った。

「じゃあ、火おこしのメンバーと食材の下ごしらえのメンバーで分かれましょうか」

炭や新聞紙はあるが、少しだけ枝も集めようということで火おこしに三人、水場での下ごしらえは二人ということで話がまとまった。

さっそくグーパーでグループ分けをする。

ここで課長と琵琶子先輩が食材担当になればグッと距離は縮まるだろう。計画的にはそれがベストだが、さすがに確率までは操作できないので、こればかりは運任せだ。

「「「ぐっとぱーでわーかれましょっ」」」

グーが二人に、パーが三人。一回で綺麗に分かれた。

課長はグー。

そしてもう一人のグーは……俺だ。

しまった……と俺は片目で琵琶子先輩の表情を確認する。

めちゃくちゃ不機嫌そうにこちらを見ていた。

うわー、やっちゃったー。よりによって俺と課長とは。

しかし、結果は結果。琵琶子先輩にはまたあとでどうにかチャンスを作ってあげよう。

しかたなく、俺は課長とビニール袋に入れた食材と調理器具を抱え、水場へと移動する。

はあ、しかたない。

しかたない。

しかた…………よっしゃああああああああああああああああああああああああああああ！

課長と二人きりいいいいいいいいいいいいいいいいいいいいいいいいいいいいいいいい！

——はっ！　俺はなにを考えているんだ。

目的は課長と琵琶子先輩の仲を深めることだろうに。

自分が課長と二人きりになって喜んでる場合じゃ。

よっしゃあああああああああああああああああああああああああああああああああああ！

嬉《うれ》しすぎる。

俺の一度目の高校生活、こんな青春なかった。

爽やかな川辺を歩きながら、ふと隣を見てみれば課長がいる。

すると、課長は俺を見て、

「ん？　どうしたの？」

なんて優しく微笑《ほほえ》む。

ごめん。ごめん琵琶子先輩。

俺、今、超絶幸せなんです。

少しの間、この体《てい》たらくを許してください。

だいたい、このツインテールに袖《そで》まくりは反則だよ。

課長の白い二の腕が歩いている最中に何度も俺の肌へと触れる。ああ、最高だ。

この前みたいに「課長、暑いです」なんて野暮《やぼ》なツンデレツッコミはやめよう。人の振り見て我が振り直せ。琵琶子先輩のツンデレ見てたらよくわかった。

恥ずかしがって安易《あんい》なツッコミに逃げてる場合じゃない。

こんなチャンスなかなかないんだ。俺だって頑張らなきゃ。

でも恥ずかしい！　こんなかわいい課長見たら恥ずかしくなっちゃう！　だから、結局ちょっと距離取っちゃう。

「ちょっと～、なんで離れるのよ七哉《ななや》くん～」

そう言って課長がイタズラな笑顔で肩をぶつけてきた。

はい、死亡。

下野《しもの》七哉死亡です。死因、キュン死。

キュン死って本当にあるんだな。架空の都市伝説的なものだと思ってたよ。

「課長、からかわないでくださいよ。ほら、水場着きましたよ」

俺はテレ隠ししながら小走りで水場の中央に並んだ木製のテーブルへと、食材を運んだ。ビニールから野菜を取り出し、一緒に持ってきたザルへ移す。

「もーなんで置いてくのよー」

口をとがらせて俺の隣に来る課長。

あーダメだ手を動かしてないと、心臓が破裂しそう。

「ま、まず野菜洗いましょうか」

「そうね」

俺と課長は野菜を持って洗い場に移動する。

二人で並んで野菜を洗いながら俺は課長に話しかける。

「いやーバーベキューなんて久しぶりですよ」

「私も最近してなかったなー。ビールがあればもっと最高だけどね」

「締めの焼きそばにビールかけるのも美味《おい》しいですよね」

「あーそれ、やるやる」

「でも体が高校生に戻ったからか、不思議とアルコールなくても平気ですよね。タイムリープしてから、お酒飲んでないですもん」

「確かに。飲みたいとは思うけど、なんだろう、我慢はできるっていうか、アルコールを摂取《せっしゅ》したいって感じではないよね」

「ですねー。まー、とかいって、課長こっそり晩酌《ばんしゃく》したりしてるんじゃないですか？」

「してないわよー！　このー！」

持っていたニンジンを洗いながら課長が肘で俺の腕をグリグリしてきた。

もーなんなんだよ！　青春かよ！　高校生の夏休みってこんなに楽しいの⁉　これがあと三年分あるとか逆に怖いよ。神様、いろいろタイムリープについて文句言ってましたけど、改めてお礼言いますよ。ありがとう！

「そういえば、七哉くん」

ふいに課長が真剣な声色《こわいろ》で俺に向かって言った。

「はい？」

「左近司さんになにか相談事でもされているの？」

「え⁉」

突然の言葉に洗っていたナスを流し台に落とす。ゴトンと重たい音を鳴らすと同時に課長の鋭い視線がそれを追った。

バレた……？　いつから？　とにかく、とぼけるしかない。

「なんのことでしょう」

俺は課長から顔をそむけ、震える手でナスを拾う。

さっきまで浮かれていた気分が一気に鬱々《うつうつ》と曇り始める。

なぜだ。電車内での演技は完璧《かんぺき》だったはず。計画だって、そこまで不自然な内容ではなかっただろう。なのに、なぜ課長にバレたんだ。もしかして、彼女は探偵なのか。名探偵なのか⁉

「だって、急に左近司さんと仲良くしているから。七哉くんが左近司さんみたいなタイプと仲良くなるなんて、なにか特別な理由があるんでしょう？　ねえ、あるんだよね？　向こうから相談事投げかけられて、その結果、親しくなっているだけよね？　そこに他意はないわよね⁉」

「えっと、いや、その……」

課長が真剣な眼差《まなざ》しでググっと俺の方へ身をのり出す。

この感じ……どうも怒っているわけではなさそうだ。ということは計画自体には気付いていない？　確かに俺と琵琶子先輩が親しくなるだなんて、客観的に見たらなにか理由がない限り不思議に見えるのだろう。実際、さっき同じようなことを鬼吉にも言われたばかりだし。

「もし、なにか左近司さんから悩みを聞いているのなら、私も協力するわよ？　ほら、言ってごらんなさい。いつもみたいに上條課長がフォローしてあげるから。ね？　私にも相談してみなさい」

声色がだんだんとトーンダウンしていく。それは心配の視線なのか、少し不安そうにも見える表情で課長は俺をジッと見つめる。

「いえ、別になにもないですよ。ただ単に仲良くさせてもらってるだけです。課長に相談するようなことはないですから」

計画がバレて怒っているわけでないということはわかった。そして、優しい課長のご厚意《こうい》も十分に伝わっている。

しかし、言えるわけもない。

だって、その相談内容の対象者が課長なのだから。

琵琶子先輩が課長と仲良くなりたいらしいんですよー、と直接言ってしまえば一見丸く収まりそうにも思えるが、そう単純なことではないのだ。

本物の女子高生である琵琶子先輩と違い、課長は中身が大人だ。対外的なコミュニケーションを心得ている立派な社会人だ。

そんな社交的な課長に、くだんの相談を持ちかけたところで彼女はどんな行動に出るだろうか?

琵琶子先輩と仲良くするだろう。

しかし、そこには忖度《そんたく》が含まれてしまう。ただでさえ、苦手意識を持っている相手。いわゆる、典型的な表面上の付き合いとなる。

はたして、それは琵琶子先輩が望む結末なのだろうか?

いいや、違う。

彼女が言う『仲良くなりたい』は、心を通わせたいということ。

決して、良好なお付き合いがしたいんじゃない。俺たちは高校生。取引先を相手にしているわけではないのだ。

それは課長だって同じはずだ。課長がやり直したい青春は、そんな上辺《うわべ》だけの友情で成り立つようなものではないはずだ。

俺はあくまで二人にキッカケを与える役割。本当の人間関係は本人が作り上げなければ意味がない。

だから、安易に俺がここで琵琶子先輩の相談内容を課長に漏《も》らしてしまうことは、彼女への裏切りになるのだ。

俺は改めて断固たる決意を胸に宿した。

が、それでは納得には至《いた》らなかったようで、

「なんでよ」

静かに課長が持っていたニンジンを流し台に置いた。

蛇口から流れる水の音だけが夏の熱気の中で響く。

「か、課長？」

「なんでよなんでよなんでよ！　会社ではいつも課長助けてくださいー、って頼ってきてたじゃない！　なに⁉　高校生に戻って若い子たちと楽しい日々送ってるからもう中身が年増

の女は用済みってわけ⁉　あんなに課長ー課長ーって言ってたのにポイってするの⁉　ポイなの⁉　ポイ條課長なの⁉　そうですか、私には話せないってわけですか！　あーあーそうですか！　いいですよ！　そんな話せないような間柄《あいだがら》に二人はなっているというならいいですよ！　もう知らない！」

「課長、違うんです！　落ち着いてください！　課長のご厚意を無下《むげ》にしたいとかそういうわけじゃないんです！」

「話せないんだから、そういうわけじゃない！　だいたいなによ！　琵琶子先輩なんて呼んじゃって！　あーあー仲がいいこと！」

「課長も左近司さんじゃなくて琵琶子さんって呼べばいいじゃないですか！　うん、それがいいですよ！」

「そっちじゃないわよ！　あなたってバカなの！」

「え⁉　えっと、じゃあ俺が琵琶子先輩って呼んでることですか？　誤解ですよ！　それは琵琶子先輩がそう呼べって言うからしかたなく！」

「う……！　う……！　うううううううああ」

「ちょ、課長⁉　いたいっ。いたいです課長！」

課長が今にも泣き出しそうな顔で、ポコポコと俺に高速両手猫パンチを繰り出した。

「この前ー、私に頼りなさいって言ったー。言ったのにー！」

「すみません、あれは嬉しかったんですよ。嬉しかったんですけど今回は本当違くて」

「うあああ、私は七哉くんの課長なんだからー！」

「はい、そうです！　課長は俺の上司の課長です！」

「課長って言うなーあああ」

「ええ⁉」

「七哉くんは！　私だけの部下なんだからー！」

「誰《だれ》が誰の部下だって？」

間が悪いにもほどがある。

俺の視界に二人目のツインテールが現れた。

その声に気付いた課長がすぐにうしろを振り返る。

「さ、左近司さん……！」

「なんか七のすけも課長って呼んでたり、上條透花も部下がどうたらって、もしかして二人って、実はどこかの会社に勤めてる上司と部下の関係……」

琵琶子先輩の目が鋭くなった。

俺と課長は二人して大量の汗をかき出す。

そうだ、琵琶子先輩はこう見えて頭がいいのだ。もしかすると、彼女は俺たちの秘密に……。

「……っていう設定で、エ、エッチなプレイみたいなのしてるってワケ⁉　ビワそういう変態なの受け付けないんだケド！」

「いや、めちゃくちゃウブだった！　そんなことするわけないじゃないですか琵琶子先輩！」

「え？　違うの？」

「違いますよ！」

「じゃー、さっきのはなにってワケ？」

「そ、それは……」

俺は課長をチラッと見る。

うわー、めっちゃ蔑《さげす》んだ目で俺のこと見てる。

こういう時だけ頼りやがってみたいな目で俺のこと見てる。

「左近司さん、私たち生徒会選挙で応援会やってたの知ってる？　奈央ちゃんが立候補した」

「知ってるに決まってるんだケド？」

うん、決まってるかどうかは琵琶子先輩しか知らないんだよ。

「そこで、せっかくだから会社みたいな感じにして楽しく選挙活動しようってことになったの。それでお互いを役職で呼ぶ遊びみたいなことしてて、私が課長ね。七哉くん、それが面白《おもしろ》かったのか選挙終わってもずっと課長って呼ぶのよ。私もやめてって言ってるんだけどねー。あはは」

さすが、課長。少し強引《ごういん》かもしれないが、なくはないラインをキープした言い訳だ。

「じゃあ、七のすけはなんて呼ばれてたの？」

課長は腕を組み俺を見て考え込む。

「…………主任…………補佐」

今絶対、上からたどって消去法の末、しかたなく言った！　いちいち補佐まで付けて！

そんなに正式な役職与えたくないってこと⁉

「へー、変なのー」

出た！　興味ないときの女子の反応！　俺知ってるんだ！　女子がこれ言うときはまったくもって興味がないときなんだ！

「それより左近司さん、火おこしは？」

「なんかー、オニキチがめっちゃ上手《うま》くてー、ウケる、あいつファイヤーマンなんだケド。ま、それで火もういて、あと適当に扇《あお》いでるだけだから、こっち手伝いに来たんだケド。悪い？」

琵琶子先輩は大きなツインテールの毛先を両手で撫《な》でながら言う。なんで最後に一言ツンデレワード付けちゃうかな。

「そ、そうなの。別に悪くなんて全然そんなこと微塵《みじん》もこれっきしだわよ？」

「なんか日本語おかしいですよ課長。あ、いてっ」

スネ蹴《け》られた。

「じゃあ、ビワも野菜洗おっかなー」

下手くそな口笛を吹きながらテーブルから野菜を取る琵琶子先輩だが、これが、まあ嬉しそうに。内心ウキウキに違いない。

こちらとしてはハラハラものだというのに。

しかし、さっきの課長の取り乱しよう。

自分の部下が他《ほか》の人間に取られるというのは、もちろん万年平社員の俺では経験がないことだが、課長にとってはまさにそんな心境なのだろう。

ああ、でもタイムリープする前のドラマで見たな。銀行員の部長が上司の取締役を裏切って、副頭取の手下になっていた。あれ続きどうなったんだろう。最終回見られるのは十一年後か。

とにかく、課長は俺が琵琶子先輩と親しくしていることをよく思っていないらしい。

が、しかし！

それは覚悟の上。

板挟《いたばさ》みになることぐらい、最初から承知していた。

たとえ、課長からの心証《しんしょう》が多少悪くなろうと、これは琵琶子先輩、そしてお世話になっている課長のためなのだ。

難しい状況下かもしれないが、めげずに俺は二人の仲を取りもつぞ。

そして最終的には課長にも感謝され、好感度うなぎのぼり！

リターンを見越した先行投資ってわけだ！　恩ポイントも付加してとってもお得！

これも恋愛テクの一つだよ諸君！

などと己《おのれ》を奮《ふる》い立たせているというのに……。

「オイー、七のすけー。なんでアンタが透花ちゃんと二人きりになってるワケ？」

琵琶子先輩といえば、わざとやってるのか、課長の横ではなく、俺を挟んだ向かい側に来やがる。

「しょうがないじゃないですかグループ分けなんて運なんですから！　それよりなんでこっち来るんですか。チャンスなんだから課長の横、行ってくださいよ！」

俺は課長に聞こえないように小声で琵琶子先輩に注意する。早く課長にアタックしろ！

俺の恩ポイント稼げないだろ！

「だって恥ずかしいんだケド！　七のすけが上手くやってよ！」

「もう、あなたって人は！」

てか近いんだよ。一つの流し台に三人て無理があるだろ。あと童貞に美人上司と激カワギャルのサンドイッチも無理があるんだよ。

「なになにー二人で仲良くおしゃべりー」

ニコニコした課長がその柔らかい体を強引に俺の方へと寄せる。

すごい！　左半身の側面が全部課長と密着してる！　死ぬかも！　死因、密着嬉死《うれし》ー！

もう右も左もいい匂いに包まれてなにがなんだかだ。催眠トリップでもしてる気分。

「別に、上條透花には関係ないんだケド！」

そう言ってさらに俺の方へ寄ってくる琵琶子先輩。なんでそういう言い方するの！　てか近いってだから！

「そ、そっかー。ふーん、私には関係ないんだー」

課長も顔を引きつらせながら、体重を傾《かたむ》け密着度を高める。

ここから俺にどうしろって言うんだよ。

俺は唯人《ゆいと》先生じゃないんだぞ。あんまり無理難題を押し付けないでくれ。あと体も押し付けないでくれ。

「ちょっと七のすけ！　なんか透花ちゃんとくっつきすぎじゃない？　ずるいんだケド！」

シャツの右袖がグイっと引っ張られる。そう言うなら反対側行きなさいよまったく！

「ねーねー、七哉くーん。透花なんか、このニンジン上手く洗えなーい」

シャツの左袖がグイっと引っ張られる。ニンジン上手く洗えないってなんだよ！　初めて聞いたよそんな人間！

「聞いてるの七のすけ！　ビワ怒ってるんだケド！」

シャツの右袖がグイっと引っ張られる。

「ねー七哉くん、一緒に洗って？」

シャツの左袖がグイっと引っ張られる。

「七のすけ！」

「七哉くん！」

あーもう！　シャツが破ける‼

「みんな終わったー？　もう火いい感じだよー……ってまだ野菜洗ってるの⁉　一つも切ってないし、エビとかもパックに入ったまんまじゃん！　もー、なにやってんのー」

救世主、中津川《なかつがわ》奈央様がご降臨《こうりん》された。

あー、なんとまともな発言。なぜ一年生の彼女が、この二年生たちより頼もしく見えるのだろう。

ほらほら、早くやるよー、と肝《きも》っ玉《たま》母さんばりのテキパキとした動きで食材の下ごしらえを始める奈央。それにつられようやく真面目《まじめ》に働きだす二人の年上。

どうにかバーベキューを始められそうであるが、恐らく、俺の恩ポイントは一つも貯まっていないことだろう。

◆

「美味しいねー七哉くん」

鬼吉の起こしてくれた火の上に大きな網を置き、俺たちはやっとのことで肉を焼き始めた。

網の上には輪切りにした玉ねぎ、トウモロコシ、課長が洗ったニンジンものっている。それらを端に寄せ、メインの肉や魚介類が中央に鎮座《ちんざ》する。香ばしくいい香りだ。

網を囲むように各個人で紙皿と割り箸《ばし》を持って食事をしていたのだが、さっきからずっと課長が俺の横にピタッとへばりついている。あまつさえ……。

「あ、このエビも美味しいよー、はい、あーん」

この始末だ。

「ありがとうございます」

もちろん、そう何度もあーんのチャンスを逃す俺じゃないので（一度、食堂でうどんのあーんを逃している）、恥ずかしがりながらパクりとそのエビを口に入れるのだが、網を挟んだ向かい側で、琵琶子先輩が人でも殺《あや》めるんじゃないかって顔でこちらを睨んでいる。

違うんです、琵琶子先輩。課長は自分の部下があなたに取られるんじゃないかって変な誤解をしていて、これはつまり彼女はジャイアン的思考の末、このような行動を取っているのです。

ていうか自分で言っといてなんだが、課長ってこんなジャイアン的思考を持つ性格だっけ？

いや……多分、何十人もの部下の面倒を見てきた生活から急にたった一人しか部下と呼べる知り合いがいなくなって、寂しいのだろう。課長は生粋《きっすい》の上司気質だからな。あれだ、忙しくないと逆にストレスがたまってしまうタイプだ。常に誰かの世話を焼きたい人……なにそれすごく奥さんにしたい。

と、考えたら課長に友達を作るのは、奈央みたいな年下……世話の焼ける後輩の方がよかったのだろうか。最近はたまに奈央が課長の世話を焼いているようにも見えるが、まあ、それは置いといて。

「はい、七哉くん、お肉も食べようね。あーん」

いい色に焼けたお肉をほどよい量のタレに絡《から》め運んでくれる課長のあーんを受け入れながら、俺は続けて思考を巡《めぐ》らせる。

しかし、後輩ばかりと人間関係を構築《こうちく》しても、一度目の高校生活よりかは進歩するかもしれないが、会社にいた頃《ころ》と変わらないのではないだろうか。

それは本当に課長が望む青春か？　生徒会長になる歴史を覆《くつがえ》してまで繰り返したい高校生活？

いいや、違うだろう。

琵琶子先輩と課長が仲良くなることは、やはり双方にとって必ずいい結果に結びつくに違いない。

今、課長は慣れないことが起こってちょっとバカになっているが（バカな課長もかわいい）、そう思うと、琵琶子先輩くらいのアクの強い人間と関係を持つことは逆にショック療法的《りょうほうてき》な効果をもたらすだろう。

よし、ならば、俺が頑張るしかない！

「琵琶子先輩もこっちに来て一緒に食べましょうよ」

こうやって堅実《けんじつ》にアシストを重ねるんだ。地道な仕事が俺の専売特許じゃないか。

「う、うん！　そっち行くんだケド！」

琵琶子先輩はパアッとわかりやすいくらいの笑顔を浮かべ嬉しそうにこちらへ来る。

それと同時に俺の右腕に激痛が走った。

課長の細い指が五本、俺の二の腕を鷲掴《わしづか》みにしていた。グリグリと針のような白い指が肉にめり込む。

「へ、へー、七哉くんは左近司さんと、お肉食べたいんだー。へー、別にいいんだけどね。へー、そっかそっかー」

「いや、そういうわけではないんですけど。課長も一緒に食べましょうよ。ね！」

「え、なになにー、言われなくても一緒に食べるんだけど？　あれ、ダメだったー？　私ここにいちゃダメだったかなー。あー。七哉くんの許可必要だったかーごめんねー。稟議書《りんぎしょ》と

「そんなことありません！　むしろ、はい、一緒に食べてください。俺の横にずっといてください」

　そのタイミングでちょうど琵琶子先輩が到着。そのことを片目で確認した課長がわざとらしく、

「え、ちょっとちょっと、ずっと横にいてくださいって、なにそれー七哉くんー。もープロポーズじゃないんだからー。私たちは結婚前のカップルかってーの。このー」

　もちろん、琵琶子先輩の耳にも課長の言葉は届いているだろう。

　琵琶子先輩が紙皿と割り箸を持ったまま直立不動で硬直した。そして顔を引きつらせ言う。

「あ、あれー、やっぱり二人って付き合ってるワケー？　あれー話が違うんだケドー。あれー」

「違います琵琶子先輩！　付き合ってないです！　俺と課長は断じて付き合ってないです！」

「う……う……うあああ！　なんでそんなに強く否定するのよ！　バカ七哉！　ムカつくわね！　そんなに左近司さんに付き合ってると思われるのが困るの⁉」

「いや、だって現に付き合ってないじゃないですか！」

「そうだけど！」

　ああ、ダメだ。イヤホンコードが絡んでるかのごとく話がややこしくて俺には対処できない。やはりブルートゥースのようなコードレス技術はこの時代にはまだないのか。

「ねー鬼吉ー、カチョーたちなにやってんのあれ?」

「さー、なんか楽しそうで微笑ましいけどな。お、この肉ウマ! ウマウマウマウマイエー!」

親友たちはのほほんとバーベキューを楽しんでいる。

そこへ、ジャリジャリとサンダルで石を踏む音が響き、二人の男性が俺たちのもとへとやってきた。

学生ではなさそうだが……二十代の社会人といったところか。多少アルコールも入っているのだろう、陽気な様子で、

「すみませーん、氷切らしちゃって。もし余ってたら分けてほしいんですけど」

片方の男が言った。スポーツマンっぽい黒の短髪。頭部にサングラスをのせている。シャツから覗く腕の筋肉がなかなかたくましい。もう一人はツーブロックのボブカットでこちらもいい体をしている。モテそうな男性二人組みだ。

「氷ならまだいっぱいあるケド」

やはり初対面の人間から声をかけられることに慣れているのか、琵琶子先輩が素早く対応した。クーラーボックスからアイスブロックの袋を取り出し、そのまま男性二人に渡す。

「いやー、助かった、ありがとう。君たちは地元の高校生?」

爽やかに、そしてスムーズに会話を始めるツーブロックの男。遊び慣れている感じが見て取れる。

「地元ではないけど高校生です」

　課長が答えた。

　表情が先ほどと変わってキュッと締まっているので、少し警戒しているのだろう。

「そうなんだ。俺たちも地元じゃなくてさ。旅行で来たんだけど、せっかくだから一緒に食べようよ」

　うーん、男二人でバーベキュー……なんかナンパ目的にしか見えないけど、さすがにこっちも男子がいるし、高校生相手にナンパなんていい大人がしないか。

　旅の出会いもいい思い出になるかもしれないと、俺たちはお互いに自己紹介を済ませ、その人たちと一緒にバーベキューを楽しむことにした。二人の名前は飯島《いいじま》さんに平井《ひらい》さんだ。

　さっそく、サングラスの男性、飯島さんが鉄板を用意し、焼きそばを作ってくれるとのこと。彼は自分たちの持ってきた具材も混ぜ、手際《てぎわ》よく焼き始める。

「すごーい、上手ー！」

　奈央がニコニコしながら言う。

「鉄板屋でバイトしてたからねー。おい、平井ビール取って」

「あいよ」

　平井さんが缶ビールを一本投げる。

「水の代わりにビールを麵《めん》にかけるとうまいんだぜ」

「え、わたしたち未成年だよー」

「大丈夫、大丈夫。しっかりと熱通せばアルコールなんてすぐ飛ぶから」

「そうなんだー！　飯島さん物知りだねー！」

「あはは、アルコールの揮発性《きはつせい》くらい高校生なら知っておかなきゃまずいぞ奈央ちゃん」

「そうなの⁉　ガーン！」

奈央は飯島さんの横で楽しそうに笑う。

それを見ていた課長が俺のところへやってきて言った。

「奈央ちゃんずいぶん楽しそうね」

「まー、あいつ人懐《ひとなつ》っこいですし」

「ちょっと心配ね。知らない大人の男とはむやみに近づかないよう注意してこようかしら」

「オカンか！」

「といっても過言ではないわね」

「認めた！　だとしたら過干渉はよくないですよお母さん」

「奈央ちゃんに変な虫がつかないようにするのが私の使命なのよ。あの子だけは絶対に私が幸せにするわ」

「え、なんか愛情が重くないですか課長？　別の意味でタイムリープしてるアニメヒロインみたいで怖いですよ」

「うるさいわね。奈央ちゃんは私の奈央ちゃんなんだから」

あれ、やっぱりこの人ジャイアン気質なの？

俺が知らないだけで、もともとこういう性格なの？

「まーまー、ほら課長、俺たちが言ってたビール焼きそばですよ。美味しそうですね」

「あれも怪《あや》しいわね。確かに鉄板で焼いてしまえばあっという間にアルコールも蒸発するでしょうけれど、上手く調整すれば多少は酒気が残る可能性だってあるのよ。もしかして私の奈央ちゃんを酔わせてお持ち帰りしようって魂胆《こんたん》じゃないでしょうね」

「まず、私の奈央ちゃんって言い方やめません？」

それにしてもサングラスの飯島さんが作っている焼きそばからは、本当にいい匂いがする。鉄板からは立ち込める湯気。ヘラがぶつかり合って鳴るカンカンという音でこちらが気になったのか、横でバーベキューをしていた家族連れも飯島さんの動きに釘付《くぎづ》けだ。

友人が注目されているのが嬉しかったのか、持ってきた折りたたみのイスに座っていた平井さんが、新しい缶ビールを開けながら、俺と課長へ向かって言った。

「あいつ、アウトドア好きでキャンプなんかもするから、ああいうの得意なんだよ。女子は好きでしょ？　料理できる男」

課長はニコリと笑いながら、

「どうでしょう、人によるんじゃないですかね。少なくとも奈央ちゃんは料理できる男の人じゃなくて、料理そのものが好きなだけだと思いますよ」

なんて、まあ、辛辣《しんらつ》なお返し。あと課長、それだと奈央がただの食いしん坊みたいな感じになってますからね。地味に奈央も傷付けてますからね。いや、奈央はこんなことじゃ傷付かないか。メンタル鋼《はがね》タイプだからな。

「そういえば透花ちゃんは、そっちの琵琶子ちゃんと仲がいいんだね。お揃《そろ》いの髪型して。まるで双子みたいだよ」

平井さんがヘラヘラした顔で肉をつまみながら適当なことを口に出す。

彼に罪はないだろう。罪はないけれど、あまりに軽率である。なぜ、なぜそんなミエミエの地雷を踏みに行くのだ。いや、わかっている。彼にとってはそんな地雷はどこにも見えていないことくらいわかっている。

だけど今日の地雷処理担当は俺なんだよ！

ジャリジャリジャリジャリ！

ああ、聞こえる。爆裂ギャルモンスター、略してギャルモンの近づいてくる足音が聞こえる！

「ちょっと！　なんか聞こえたんだケド！」

そら、始まった。知ってるぞ。このギャルモンはでんきタイプの性格ツンデレ。課長と双子みたいだなんて言われた彼女は今ごろ内心ハッピーで帯電バリバリ状態。その嬉しさをツンという形で放電し、悪態《あくたい》をつくのだ。誰がこんなやつと似てるって⁉　全然似てないし、べ、別に全然嬉しくなんてないんだケド！　とか言うんだ。

「誰がこんなやつと似てるって⁉　全然似てないし、べ、別に全然嬉しくなんてないんだケド！」

まんま言ったよ！　一言一句《いちごんいっく》、違《たが》わず言ったよ！　俺ってエスパータイプだったのか⁉

「えー、そうかなー。二人ともかわいいし、髪型一緒だし、ギャルだし」

人の気も知れずあっけらかんと平井さんは追い打ちをかける。特に最後のは酷《ひど》い。二人ともギャル？　確かにツインテールに毛先を巻いて、Tシャツの袖までまくって肩を出している課長の見た目はギャルっぽいと言われれば否定もできないが、それでも課長をギャルと呼ぶなんて……ああ、今度は課長のターンだぞ。エスパーの俺はわかる。課長がキレるぞー。

「平井さん、私と左近司さんがギャルですって……？」

ほら来た。課長の目が平井さんをロックオンしてる。

「ねえ、聞いた七哉くん。私と左近司さんが似てて、しかもギャルみたいなんだって。この髪型にしたからかしら？　そうかー、くしくもかー。くしくも似てしまったらしいわ。ね、七哉くん」

「……あ、はい。平井さんにはそう見えるらしいですね」

「えー、困ったなー。くしくも、くしくも私と左近司さんが似てるだなんて、私そんなギャルに見えるかしら。えー、透花自分じゃわかんなーい。ねーねー七哉くーん、透花ギャルなんだって」

「…………………」

「ねー、七哉ぴょーん、透花っちはギャルー？」

「いや、全然」

「なんでよ！」

「こっちのセリフだよ！」

「なにがよ！」

「俺、課長の情緒が心配ですよ！」

「どういうことよ！」

「だからこっちのセリフなんですよ！　なに⁉　ギャルって言われて喜んでるんですか課長⁉」

「喜んでないわよ！」

「もう本当わかんない！　わかんないよ課長！」

「わかんないのはこっちよ！」

「え⁉　なにが⁉」

「どっちよ！」

「だからなにが⁉」

「ギャル好きなのか好きじゃないのかどっちよ！」

「俺⁉ 今それ関係あります⁉」

「あるから聞いてるのよ！」

俺はチラッと琵琶子先輩を見る。少し前の俺なら、嫌いだと即答しただろう。だけど、彼女を知った今、そんな表面だけで判断した言葉は出ない。

「嫌いではないです……」

「なんで今、左近司さんのほう見たのよ！」

「あ、いや」

「やっぱり私みたいなアラサーの女がこんな若作りな格好したって、左近司さんと比べたら滑稽《こっけい》だってことね！」

「そんなこと言ってないです！ てか、課長、アラサーって！」

声のボリュームを絞《しぼ》り慌《あわ》てて課長に呼びかける。

また、この人はよりにもよってさっき出会ったばかりの人が目の前にいるってのに。

俺は冷や汗をかきながら平井さんを見てみる。が、意外にもノリは軽く。

「あはは、透花ちゃんアラサーって、君、高校生だろう？ 英語が苦手なのかな？ あれはアラウンドサーティー、二十代後半から三十代前半の人間を指すんだよ。な、飯島」

「はっはっは、そうそう、俺たちがまさにアラサーだよ」

へー、彼ら若く見えてアラサーなのか。ということは俺や課長と同世代か。ああ、だけどこの時代のアラサーだから同世代と呼ぶのはちょっと違うか。昔話をすればしっかりとジェネレーションギャップが出るだろう。タイムリープってややこしいなあ。

ともあれ、話を流してくれてありがたい。

さらに彼らは新しい話題へと展開してくれる。

「そういえば君たちは明日のお祭りは行くの？」

平井さんが缶ビールを飲みほして俺たちに問いかける。

答えたのは鬼吉。

「もちのろんだぜー！　ビワちょす行くっしょ？　ヒュイゴー！」

久々にまともなヒュイゴーを聞いたな。

「当たり前なんだケド。ここに来たからにはお祭りと湖のほとりから見る花火がメイイベなんだケド」

「へーそうなんだー。そりゃ、楽しみだ」

「平井さんたちも行くんですか？」

俺が聞いた。

「そうだなー、一応近くのホテル取って明日もいる予定だし、少し覗いてくか飯島」

「ああ、いいね。ここの花火は有名だって聞くしな。よっと、はい、みんな焼きそばできたよー」

いい感じにソースが絡んだ焼きそばの出来上がりだ。魚介類や、豚肉もふんだんに盛り込まれた具だくさん。やっぱりバーベキューの締めと言ったらこれだろう。

さっきまで荒れていた課長も飯島さんから焼きそばを渡され、いまだ不満そうな顔をしながら、チョロチョロとおちょぼ口で一本一本、麺をすする。その様子はこの上ないほどかわいらしいんだけど、はたして課長はなぜあんなに取り乱していたのだろうか。

「てか、課長またそんな七味唐辛子《しちみとうがらし》を山盛りにして！　あーあーマヨネーズもそんなにかけて、偏食は体悪くしますよ」

「ふん、べーだ」

課長が舌を出してソッポむく。まったく……困ったことに、拗《す》ねてる課長もかわいいんだよなあ。

そんな中、川のほうからザッバーンという重たい着水音とともに大きな水しぶきが上がった。俺たちはみんなでそちらに気を取られる。誰か溺《おぼ》れでもしたかと不安になりながら持っていた箸を皿に置くと、その先からは複数人の笑い声が聞こえてきた。

ああ、なるほど。水しぶきが上がったポイントのちょうど真上には飛び込み台に打ってつけの小さな崖《がけ》。遊びに来ていた大学生だろうか、若者たちが楽しそうにはしゃいでいる。

そして、またも一人、上から川に向かって飛び込んだ。先ほどと同じ重たい音を立て若者の体が水面を叩《たた》く。

確か、バーベキュー場の看板にはしっかり飛び込み禁止と書いてあったはずだが。そうでなくとも近くには、小さな子供も泳いでいる。非常に危険だ。

テンションが上がってしまう気持ちもわからなくないが、ルールは守らなければいけない。

と、思うや否《いな》や、すぐに行動に移す人が俺の横にいた。

しかも、今回は一人じゃなかった。

「危ないわね、ちょっと注意してくるわ」「なにあれ危ないからビワ言ってくるんだケド」

甘草南《あまくさみなみ》高校才色兼備《さいしょくけんび》二年生コンビだ。

このコンビ、曲がったことが許せないのが特徴である。

だけど相手は複数人いる上に、見た目からして高校生より年上であることが明らかだ。

小さな子供のことを気にもかけず平気でルールを破るようなやつらが、年下に注意されて黙って従うだろうか。俺のお馴染《なじ》みの心配性が発動する。

それに課長たちが行かなくとも、こちらには知り合ったばかりとはいえ、成人男性がいるのだし……と彼らを見てみると、二人は我関せずみたいな顔でビールを飲みながら、

「あー、あそこ若いやつらは好きだよなー」

「度胸試しにちょうどいい高さだしな」

なんて談笑している。あれ、この人たち旅行客だったんじゃないっけ？　と少し怪訝《けげん》に思いながらも、俺はあなたたちが注意しに行ってくださいよおーと念を送りながらジッと

見つめ続けた。

そして、どうやら俺のメッセージは届いたようだ。

彼らは一瞬だけ面倒くさそうな表情を浮かべつつも、甘草南高校才色兼備二年生コンビが今にも飛び出しそうなところを抑制《よくせい》して言った。

「ああ、透花ちゃんに琵琶子ちゃんいいよ、俺たちが注意してくるから。女子が言って逆恨《さかうら》みされても危ないだろ？　おい、平井行こうぜ」

結局、平井さんと飯島さんの注意により、ことは丸く収まり、川には元の平穏が訪れた。フンフンしていた二年生コンビも事態の収拾を見て、落ち着いたようだ。若者たちも体格のいい成人男性に注意されたら大人しく従うしかないだろう。ときには見た目の圧力というのも必要なのである。

それにしても、課長と琵琶子先輩の正義感を燃やした寸分《すんぶん》くるわぬあの動き。まるで本当に双子のようだった。

こんなに似ている同士なのだから、どうにか仲良くなれないものなのかねえ。

と、仲介役は美味しいお肉をほおばりながら、前途多難《ぜんとたなん》な二人の関係を嘆くのであった。

◆

腹を満たした俺たちは飯島さんと平井さんに別れを告げ、迎えにきてくれた琵琶子先輩のおばあさんが運転する車へのり込み夕方頃に帰宅した。

部屋に着くと、畳から香るどこか懐《なつ》かしい、い草の匂いが心地よくて、ついみんなしてウトウトしてしまった。

気付いたときには日も落ちていて、おばあさんが用意してくれた豪華な夕食のいい香りが俺の目を覚ましてくれた。今夜はご馳走である。

食卓に着いて課長を見てみるとエプロンを外すところだったので、食事の準備を手伝っていたのかもしれない。その様子がなんだか温かい家庭を想像させ、俺はつい妄想にふけってしまう。ああ、課長が奥さんならこんな感じかあ。

賑やかなのが嫌いなのかおじいさんは食卓へ現れなかった。

「すみませんねえ、あの人は頑固もんなもので」

と、おばあさんがいつもの穏《おだ》やかな口調で言う。運転中のイケイケおばあさんが嘘のようだ。まあ、でもうちの母親も車にのると人が変わる質《たち》なので、正直信じられないというほどでもない。

そんなおばあさんは食事が終わるなり一言。

「ささ、お食事が済んだらお風呂《ふろ》を沸かしてありますからね。みなさんで、ご一緒にどうぞ」

「ご一緒にって、こんな大人数でいっぺんに入れないですよおばあちゃーん」

　奈央がおばあさんにツッコむ。

　しかし、琵琶子先輩がそれにのんびりとした声色で答えた。

「入れるケドー」

「え？」

　奈央が聞き返す。

「おばあちゃんちのお風呂でっかいから五人くらいなら余裕で一緒に入れるケド」

　やっぱり金持ちじゃねーかと口を挟みたいところだが、それより先に『五人』と男子の人数もカウントしてることをツッコむべきか悩んでしまう。

「だってよ七っち、楽しみだな。ヒュイヒュイ～」

「楽しみにしちゃダメなんだよ鬼吉。ちゃんと訂正《ていせい》しなきゃ。どんなに浴場が広かろうが、女性陣とは一緒に入っちゃダメなんだよ」

「浴場だけに欲情するなって？　七っち天才だなイエーイ！」

　なんの脈絡《みゃくらく》もないハイタッチを求めるな。挙げていた鬼吉の片手を叩いてやる代わりに額《ひたい》めがけてチョップしてやった。

「変なオヤジギャグはやめなさい」

「オッケー、ラジャー、承知、了解、心得た！」

　多種多様な了承の言葉！　リズミカルでめちゃくちゃゴロがいいな！

「え？　七のすけ一緒に入らないの？」

琵琶子先輩が濡《ぬ》れそぼった子犬のような目で俺へ訴えかける。また誤解を招きそうな発言を……。そんなぴえんの顔文字みたいな表情しても無理なものは無理なんだよ。だいたい風呂ぐらい俺なしでどうにかしなさいよ。

誰がなんと言おうと、残念ながらラノベみたいな、サービス風呂シーンはなしなのだ。

◆

「いやー、気持ちいいなー」

「マジでビワちょすのばーちゃんち風呂デカすぎヒュイマックス！」

出た、俺が一番意味の理解できない鬼吉ワード、ヒュイマックス。

時刻は二十一時。先に風呂に入った女子たちが、上がったことをしっかりと確認したのち、俺と鬼吉はこの広い大浴場を貸し切りで楽しんでいた。

湯船につかり二人並んでまったりだ。

しかし、マジでデカい。旅館の風呂みたいだ。シャワー台は三つもあるし、かけ湯専用の小さな浴槽《よくそう》もある。さすがにサウナはないが、金持ちすぎる。

「そういえば七っちは明日どっちとお祭り回りたいんだ？」

「どっちって言うと？」

「透花かビワちょす」

「は⁉　いや別に、どっちでもないよ！　みんなで回ればいいじゃん！」

焦《あせ》る俺に鬼吉は両手を後頭部に回し、

「なんだよー、言ってくれれば協力するのにー。本当にいいのか？　ファイナルアンサるか？」

俺は天井《てんじょう》を見上げた。湯気の先端が薄くなるまで高い天井は木材が複雑に絡み、まるで今の俺の心情を表しているかのようだった。

できることなら課長と回りたい。

二人きりの思い出を作りたい。

でもそれは俺の独りよがりなエゴだ。

それに、琵琶子先輩だって、俺と同じくらい本気で課長を好きなんだ。じゃなきゃ、いくら気に入ったからといって、後輩に弱みを見せるような相談をしないだろう。

俺は鬼吉と同じように両手を後頭部に回して答えた。

「ああ、ファイナルアンサる」

「七っちらしいな」

「そりゃどうも」

風呂ってのは、やっぱり男同士に限る。

「七っち、そろそろ出ようぜ」

「え、まだ二十分くらいしか入ってないだろ？　あと三十分は入ってたいよ」

「あははは！　七っちオッサンかよ！　長風呂しすぎだろー。じゃ、俺もう先に上がるぜ」

「おう、またあとでな」

大理石調のタイルをペタペタと歩き去っていく若者を見送り、オッサンの俺はふぁーっと改めて身を湯に沈めた。あったけー。

しかし、まあ、二度目だろうと青春というのはなかなか上手くいかないものである。

大人の俺ですらこうなんだから、子供たちはもっと悩み、もっと戸惑《とまど》い、いろいろな感情を経験して多くのことを学んでいくのだろう。昔すぎて忘れていた感覚だ。

タイムリープしたばかりのときは会社に行かなくていいだなんて喜んでいたけれど、高校生だってよっぽど大変じゃないか。

でも、その分、大人になったら味わえない、未熟なりの楽しさというのも、やはり青春の醍醐味《だいごみ》だろう。

疲れをじっくり洗い流した俺は、そんなことを思いながら、貸し切りの風呂で気分よく鼻歌を歌った。

そのメロディにアクセントをつけるかのように浴場の入り口がガラガラと開いた。

鬼吉が帰ってきたのかなと俺がそちらを見ると、そこには鬼吉よりも少しだけ大柄な男性が肩にタオルをのせて立っていた。

「あっ……！」

「おう、坊主。ずいぶん長風呂じゃねーか」

琵琶子先輩のおじいさんだ。

「すみません！ すぐ出ますので」

「構やしねーよ。それより、背中流してくれや」

そう言って、おじいさんはシャワーの前へと向かった。

「はい！」

俺は急いで湯船から上がる。

転ばぬよう気を付けながら、早歩きでシャワー台へ行くと、すでに座っていたおじいさんから泡立ったスポンジを渡された。年配とは思えない背中だ。肩幅も広く、筋肉でくっきりと線が見えるほど引き締まっている。

俺はその大きな背中を、手に持ったスポンジでゴシゴシと洗い始めた。

まさか、高校生に戻ってまで接待じみたことをする羽目になるとは……。俺ってやつはとことん残念な男だぜ。

「ところで、七のすけってのはおまえか？」

「はい！」

本名じゃないけど、いちいち訂正するのはよそう。なにがキッカケで怒られるかわからないからな。怖いものには逆らわない。これ平社員の鉄則。

「よりによって、タッパのないほうか。まだ、あっちの茶髪のほうが見込みもありそうだったが」

「あ、あの……なんの話でしょうか？」

「ああん？」

「ひいっ……！」

鏡越しにヤクザのような小さな目が俺を睨み付ける。

「琵琶子に気に入られているそうじゃねーか」

……なるほど、そういうことか。

「それは……後輩としてかわいがられているといいますか」

「なんだ、生半可《なまはんか》な気持ちで琵琶子のことをたぶらかしてるってのか？」

もー、なんで俺ってこーなるの！

「え、えと、おじいさん、これは誤解でして」

「おまえにおじいさんと呼ばれる筋合いはない！」

「すみません！」

「ふん、熊治《くまじ》って名前だ。そう呼べ」

「それで、琵琶子とは遊びだってことでいいんだな？　坊主」

「いえ、真剣に仲良くさせてもらってます！」

答えとして合っていただろうか。いや、余計に誤解を与えてしまったかもしれない。

焦りで上下に動かしていた腕に無駄な力が入る。

「おい」

「すみません！　強すぎましたよね！」

「いいや、丁度《ちょうど》いい。それくらい力あるなら初めからやれ」

「はい！」

え、こんなに思いっきりやっちゃっていいの⁉　どれだけ背中の皮膚が厚いんだこの人。

「なんだ、坊主、よく見りゃタッパの割には引き締まった体してるじゃねーか。スポーツでもやってんのか」

「いや、部活とかはやってませんけど……一応、家で少し筋トレとかはしてます」

「ふぅむ……鍛《きた》えてはいると」

熊治さんは顔だけ振り返り、品定めするような目つきで俺の体をつま先から順になめるように見た。

「はい。独学で自重トレーニングしかしてませんが」

「はい、熊治さん！」

「なぜ鍛える？」

なぜ鍛えるか？　そんな質問をされるとは思っていなかった。タイムリープする前から、健康のためにジムで定期的に運動はしていたが、体を鍛えることを目的とした筋トレはそれこそタイムリープしたあと。最近になって始めたことだ。

しかし、熊治さんの問いに答えられるくらいの動機というものが、俺にはしっかりとある。

「……守りたい人がいるからです」

ああ、恥ずかしい。なんてクサいことを俺は。

けれど、俺なりに信念を持ってやっていることなので嘘はつきたくない。

「生意気に」

しまった。多分、琵琶子先輩のことだと勘違いされたんだろう。

「すみません」

かといって、琵琶子先輩じゃないと誤解を解いても、それはそれで孫娘を辱《はずかし》められたと、憤怒《ふんぬ》されるかもしれない。八方塞《はっぽうふさ》がりだよ、もう。

「だが、腕っぷしってのは確かに男として必要だ。琵琶子と真剣に仲良くしてーってんなら、それくらいの気概《きがい》がねーとな。……しかし、ケンカなんかするような顔には見えねーが」

「あ、いえ、ケンカが強くなりたいってわけじゃないんです」

「ああ？　よく言ってる意味がわからねーな」

新キャラ追加!!
7月15日頃発売!
魔女の旅々17
ドラマCD付き特装版
著●白石定規
イラスト●あずーる
大注目作の特装版が発売です!!
このチャンスを見逃すな!
アニメ化決定★
新キャラも登場!
8月15日頃発売!
友達の妹が
俺にだけウザい8
ドラマCD付き特装版
著●三河ごーすと
イラスト●トマリ

この注文書に記入して、お近くの書店へお申し込みください。

書籍扱い（買切）

予約注文書

書店印

【書店様へ】お客様からの注文書を弊社、営業までご送付ください。

（FAX可：FAX番号03−5549−1211）

注文書の必着日は商品によって異なりますのでご注意ください。

お客様よりお預かりした個人情報は、予約集計のために使用し、それ以外の用途では使用いたしません。

2021年7月15日頃発売	著	白石定規	イラスト	あずーる
	ISBN	978-4-8156-0830-9		
GAノベル **魔女の旅々17** ドラマCD付き特装版	価格	2,970円		
	お客様締切	2021年 5月14日（金）		部
	弊社締切	2021年 5月17日（月）		
2021年8月15日頃発売	著	三河ごーすと	イラスト	トマリ
	ISBN	978-4-8156-1013-5		
GA文庫 **友達の妹が俺にだけウザい8** ドラマCD付き特装版	価格	2,640円		
	お客様締切	2021年 6月10日（木）		部
	弊社締切	2021年 6月11日（金）		

住所 〒	
氏名	電話番号

特装版は書籍扱いの買取商品です。

返品はお受けできませんのでご注意ください。

「実は、俺……ちょっと前、同級生を殴ってしまって」

「ほう……けど、そいつはおまえなりの正義を持ってのことじゃねーのか？　なにが不満なんだ」

「やっぱり暴力はダメかなって」

「ああ？　やっといたあとから反省ってのは虫がよすぎねーか」

ごもっともな意見だ。

「わかってます。浅い考えでした。俺が最も尊敬する人からも、こっぴどく叱《しか》られて。だからその人と約束したんです。もう二度と暴力は振るわない、と。だけど、力の使い方ってのは他にもたくさん、あると思うんです。だから体を鍛えること自体は、やっておいて損はないかなーと思いまして」

熊治さんは、俺からスポンジを奪い、ぶっきらぼうに他の箇所を洗い始めた。

そして、シャンプーを手のひらにワンプッシュ分のせながら俺に言った。

「おう、先に風呂入って温まっとけ。俺もすぐ行く」

「は、はい」

俺は言われるがまま湯船に戻った。

数分して体を洗い終えた熊治さんがこちらへやってきて、俺の横へと座る。体積が大きい分、水位が一気に上昇し、ザッパーンと豪快にお湯が外へと流れ出た。

「おまえさんが、さっき言ってた話だが」

「はい」

「おまえさんが言いたいこともわからねーわけじゃねー。だけど、世の中には悪意ってもんがある。その悪意から大切なやつを守るには最終的に武の力ってのは不可欠だ。警察だって武道を心得てるだろう？　おまえら子供が思っているより、ずっとあくどいやつってのはたくさんいるんだ。そんなとき、おまえはどうする。綺麗ごとで生きていけるのは大人に守られてるガキのうちだけだ」

　俺は熊治さんの問いに対して、真剣に考えてみた。

「逃げます。上手く隙《すき》をついて彼女を守りながら逃げます。そして大人の力を借ります。熊治さんの言う通り俺はまだ子供ですから。それに日本には優秀な警察と法があります」

　中身が大人であろうと肉体が子供な以上、世間の俺への評価は子供として見られる。この違いは小さいように見えて、実はデカい。子供の主張というのは案外、相手がまともな大人でない限り、取り合ってもらえないものだ。そして熊治さんが言うように、この世の中はまともな大人ばかりではない。だから子供の立場では制限がかかることも多いし、舐《な》められることも多い。

　そう考えたとき、子供にできるのは、やはりまともな大人に頼ることだ。

「逃げるか。確かにおまえの言う通り、日本は法治国家だ。治安もよく、そうそう、危険な場面に出くわさねーかもしれんが、そんな心構えのやつに琵琶子は渡せねーな。おまえがどんな男か気になっていたが、とんだ腰抜けだったようだ」

その言葉に若干《じゃっかん》ではあるが、俺もカチンとくる。

「でも熊治さん空手《からて》やってるんですよね？　なんでも暴力で解決するなんて、武道家の精神に反するのでは？」

「誰もなんでもとは言ってねーだろうが。さっきも言った通り、おまえが優秀だといった警察だって武道を学ぶんだぞ。ここぞってときに手も出せねーような男は腰抜けと呼ぶ以外にない。気概の話をしてるんだよ」

「く……、それでも俺は、約束したことは守りたいんで」

「頑固なガキだ」

どっちがだよと言いたいところだが、もちろん怖くてそんなことは言えない。

なんだか気まずくなってしまったし、会話も途切れたこのタイミングでさっさと上がってしまおう。

そう思い、俺は立ち上がった。

「熊治さん、先に出ますね」

「おう」

俺はゆっくりとお湯をかき分け、出口へと向かった。

その背中へ、広い浴場に反響する熊治さんの声がかかる。

「坊主、琵琶子に手出したら、ただじゃおかねーからな」

ああ、やっぱりこのじいさん、クセもんだよ……。

◆

着替え終わり、風呂から出てみれば二十二時を回っていた。

洗面所を抜け、廊下に出るとすでに明かりは消えていて薄暗い。

ただでさえ広いこの家は廊下も長く、奥のほうがまったく見えないので、なんだか不気味だ。みんなもう寝てしまったんだろうか。夏の怪談なんていうけれど、みんなでやるから盛り上がるわけで、一人でホラーな体験などしたくない。

俺はとりあえず一度、居間へ行ってみようと歩き出した。まだみんないるかもしれない。

すると、背後からかすかに女性の声が聞こえた気がした。

「……の、……どの……」

足が固まる。

外から響くボーボーっというウシガエルの鳴き声が静かな廊下に響いている。

俺は今一度、耳を澄ました。

「……の、……けどの」

やっぱり聞こえる。かすれた老婆《ろうば》の声だ。

だんだんと近づいてくるのがわかる。

湯から出たばかりでほてっていた体温が急激に下がり始めた。

背筋が凍るとはこのことなのか。

逃げ出したい。逃げ出したいけど、足が震えて動かない。

あああ、怖い！

「七のすけ殿！」

「うわあああ！」

俺は耳をふさいで座り込んだ。

「どうされました、七のすけ殿。そんなかわいらしい少女のような声を上げて」

聞き覚えのある声だ。俺はすぐにうしろを振り返る。

「な、なんだあ、琵琶子先輩のおばあさんか……」

「おっほっほっほ。びっくりさせてしまいましたかね。これは失敬しました」

「いえ、すみません、大きな声を上げて」

胸をなでおろしながらおばあさんへ頭を下げる。

マジで怖かった。心臓に悪い。

「ずいぶんと長風呂だったんですね」

「はい、途中でおじい……あ、熊治さんと一緒になって。少し話を」

「まあ。あの老いぼれクソジジイ失礼なこと言わなかったですか？　大事な殿方にまったく」

呼び方酷いな。

「いえ、とても楽しかったですよ」

嘘だけど。めちゃくちゃ気まずかったけど。

「すみませんねえ、頑固なじじいなもので。七のすけ殿に変なことしないよう、私からもちゃんと言っておきますゆえ」

「あ、ありがとうございます。ところで、もうみんな寝ちゃったんですか？」

「ええ、各お部屋に案内しましたので、ご就寝されているか、お部屋でゆっくりされているかと」

え？　もしかして一人一部屋!?　マジで旅館かよ！　でも、こういうときは大部屋でおしゃべりするのが醍醐味なのに……。まあ、明日もあるし、こんなによくしてもらって、贅沢《ぜいたく》言ったら失礼か。

「七のすけ殿のお部屋も用意していますので、どうぞこちらへ。ご案内します」

「ありがとうございます」

本当に丁寧なおばあさんだ。だけど、熊治さんをクソジジイと呼べる辺り、やっぱり昔はヤンチャしてたんだと確信した。この人も怒らせないほうがよさそうだ。

ギシギシと軋《きし》む廊下を進んでいくおばあさんのあとを追い、俺は窓越しに外を眺めながら歩いていった。田舎《いなか》だからか星が綺麗に見える。夏の大三角形はどこだろうか。

満天の星に気を取られていると、いつの間にか部屋の前に着いたようで、おばあさんが右手の指を障子戸《しょうじど》にかけ、どうぞと俺を誘導した。

俺は軽く頭を下げたのちに部屋へ入る。

そして、部屋の中央に敷かれた布団《ふとん》に寝そべりながら携帯をいじっているパジャマ姿の琵琶子先輩を見て、挨拶《あいさつ》をした。

「琵琶子先輩、こんばんは」

「あいよー七のすけ」

ピシャリと障子戸の閉まる音がした。そさくさとおばあさんが物置の方へ行き、もう一組、布団を出す。素早い動きで琵琶子先輩の横に布団を敷きだすおばあさんを観察しながら、俺は腕を組んだ。

うーん。

俺が首をかしげると、同じタイミングで琵琶子先輩が携帯をいじるのをやめた。

二人でお互いの顔を見合う。

そして、布団を敷いているおばあさんを同時に見た。

「「はあっ⁉」」

先に言葉を発したのは琵琶子先輩。

「ちょっと、おばあちゃんなにやってるワケ⁉」

俺もすかさずおばあさんに言う。

「俺が寝る部屋って、まさかここだとか言わないですよね⁉」

動揺する俺たちに、おばあさんは冷静に布団を敷き終え、笑いながら、

「まあまあ、言わずもがな、言わずもがな」

「「なにが⁉」」

「ふふふ、仲のよろしゅうことで」

「「だからなにが⁉」」

「お二人とも、他の方々がすぐ隣の部屋で寝ていますのであまり大きな声を出すと、なにごとかと心配されてここへやってきてしまうかもしれませんよ」

その言葉を聞いて俺と琵琶子先輩はとっさに口をつぐんだ。

このばーさん、策士だ。

「琵琶子ちゃんがお友達を連れてきたいと電話をくれたとき、しきりに七のすけ殿を気に入ったという話をしてましたからねえ。ババアめ微力ながらご協力させていただきました」

「確かに言ったケド！　それはそういう意味じゃ！」

「琵琶子先輩、声が大きいと誰か来ちゃいますよ」

こんなところ課長にでも見られたりしたら、もう地獄になるだろう。

なにせ、一つの部屋に二つの布団が並べられているのだ。

新婚旅行の初夜じゃあるまいし。

おばあさんはいい仕事したみたいなドヤ顔を浮かべながら部屋の入り口へと戻る。

初めに玄関先で言っていたのはこういうことだったのか。おじいさんの熊治さんだけでなく、夫婦揃っていらぬ誤解をしているらしい。

おばあさんはササっと、部屋の外へ出て、ゆっくりと障子戸を閉めながら、

「では、あとはお若い二人でごゆっくり」

と、嬉しそうに部屋をあとにした。

取り残された俺と琵琶子先輩は目も合わせられずに、固まっていた。

しばらくして、琵琶子先輩が咳払《せきばら》いをする。

「と、とりあえず、布団来たら？　湯冷めして風邪《かぜ》ひくんだケド」

「は、はい」

俺はドキドキしながら、琵琶子先輩に背中を向け、布団の上に座る。

琵琶子先輩からは昼間の香水とは違う、湯上がりのいい匂いが漂《ただよ》っている。

その色香が俺をさらにドキドキさせた。

「ご、ごめんなんだケド。ビワのおばあちゃんが変な誤解して。詫《わ》び」

「い、いえ。まあしかたないですね。今日はこのまま寝て、明日早く起きて誰にも気付かれないようにササっと部屋を出ましょう」

できる提案といったらこの程度しかない。

「そだね……」

背後で布の擦《こす》れる音がした。琵琶子先輩が横になったのだろう。

「電気消しますね」

立ち上がり、昔ながらの四角い天井照明に手を伸ばす。返事もないので、俺はそのままぶら下がった長い紐《ひも》に指を絡め、明かりを消した。

できる限り音を立てないよう体を横にして俺は障子戸を見つめた。薄い和紙から漏れる月の明かりが、暗くなった部屋を青白く照らしている。

しばらくして、俺は携帯をポケットに入れっぱなしだったことに気付き、アラームのセットだけして枕元《まくらもと》へと置いた。

その音が気になったのか、琵琶子先輩の声がした。

「七のすけ、起きてる？」

「……はい」

「なんか、せっかくいろいろ動いてくれてるのに、ビワが上手くできなくてゴメンね」

「アイドルファンみたいにソンナコトナイヨーって言ってあげたいですけど、まあ、確かに上手くはできてませんね」

「ちょっと、フツーそういうときは励ますと思うんだケド」

「あはは、すみません。でも琵琶子先輩が一生懸命なのは伝わってますから。それに俺も恩ポイント貯めないとなんで」

「恩ポイント？　なにそれ」

「まあ、のり掛かった舟ですから、最後まで面倒見るってことです」

「意味わかんないし、上から目線でムカつくんだケド」

「俺なりの激励のつもりです」

人間関係ってのは難しいものだ。

相手の気持ちなんてわからない。だから、俺たちは無数の選択肢から正解を見つけるためにもがく。恋愛ゲームのようにあらかじめ答えを絞って用意されてはいないのだ。そんな無理ゲーを攻略サイトもなしで進めろだなんて、誰だって臆病《おくびょう》になるのは当然だ。

怖くて、保身に走って、嫌われたくなくて、空回《からまわ》って、結果いつまでも足踏みをしてしまう。

俺も琵琶子先輩も。

でも、それでいいと思う。

俺が新人時代、課長がよくこんな話をしてくれた。

失敗を恐れることは悪くないと。

挑戦、開拓、拡大。人間はポジティブな言葉を好む。特に上の立場になればなるほど、成功体験を積み、その思想を共有したがる。

けれど、ネガティブな思考が先に浮かぶ人間こそ、真の人望《じんぼう》を得ることができる人間になれるのだと。

お客様の立場になって不満がないか予測する。数字だけを見て浮かれず常に謙虚《けんきょ》な気持ちで仕事に臨《のぞ》む。本当にこの企画が最善なのかしつこいくらい考えて見直す。

常に相手を思いやり、自分がこんな言葉を言われたら傷付かないだろうか、この文章の書き方で伝わるだろうか、表現のしかたで誤解を招かないだろうか、そうやって足踏みするくらいがちょうどいい。

そんな風に、地道な気遣いを積み重ねることのできる人間は信頼され、いつしか多くの仕事に恵まれるのだと。

目先のポジティブに翻弄《ほんろう》されない人間になりなさい。

己のネガティブを受け入れられる人間になりなさい。

ドジばかりの俺に、彼女が一番初めに教えてくれたことだ。

だから、彼女が俺にくれる言葉はいつも、失敗を恐れるな、ではない。

失敗を恐れ、その恐怖をしっかりと受け止めて、立ち向かうかどうか、自分で決めなさい。

逃げてもいい。無理して立ち向かわなくてもいい。けれど、もし、それでも立ち向かいたいと自分で決めたことなら、それは本当にあなたがしたいことだから。

挑戦という言葉はそんなときに使うのだと。

とても丁寧で、優しい助言だ。

上條透花という人間を表している。

きっと、琵琶子先輩も、課長の言葉に当てはまる人間なんだと思う。

だから俺は、課長と琵琶子先輩は必ず仲良くなれると、そう確信しているのだ。

琵琶子先輩の返事もなくなったので、俺は寝たのかなと思い、ふと、彼女の方へゴロンと体を返した。

目の前に琵琶子先輩の綺麗な瞳《ひとみ》があった。

彼女も体をこちらへ向け、しっかりと目を開いている。

前開きのパジャマのボタンは暑いからだろうか三つ目まで大胆に開かれていて、その奥に潜《ひそ》む妖艶《ようえん》な肌が、俺の視界のギリギリのところでチラチラする。

突然に訪れた緊張に俺は息をのんだ。

「七のすけ……」

暗がりの中、吸い込まれそうなほど美しく黒い瞳孔《どうこう》が、俺の視線をつかまえて離さない。

「はい……」

メデューサに睨まれたように固まる俺は、やっとの思いで喉《のど》から音を出した。

「ありがとう」

彼女は真剣な表情で言った。

その声色はとても穏やかだった。

「どういたしまして」

多分、彼女も恥ずかしいのだろう。

月明かりに照らされたその顔が少しだけ赤かったのは、夏の思い出として、しまっておこう。

◆

あ――――――――――――寝れね――――――――――――――――――――――――!

あれから一時間は経《た》っただろうか。

琵琶子先輩はとっくにかわいらしい寝息を立てご就寝だが、俺は一人で勝手に緊張して、目がギンギンに冴《さ》えてしまっている。

そりゃそうだろう。隣に女子高生が寝てるんだぞ。しかも学校一の美少女ギャルが!

こんな状況で寝れるほど、俺は女慣れしていない。

上半身をむくりと起こし、眠っている琵琶子先輩を見る。

あーあー、かけ布団が明後日《あさって》の方向に飛んでいっているぞ。まったく、いくら夏といってもこれではお腹《なか》を壊してしまう。

俺はグシャグシャに丸まったかけ布団に手を伸ばし、彼女の体へそっとかけ直してあげた。

そして、夜風にでも当たってくるかと、静かに部屋を出た。

廊下に出ると少しだけヒンヤリする。山の夏夜は涼しいだなんてことを小学校の林間学校以来に思い出す。

音を立てぬよう抜き足で玄関まで歩き、裸足《はだし》のままスニーカーを踏み潰《つぶ》すように履《は》いた。

そっと、戸を引きそのまま外へと出る。

微《かす》かなせせらぎの音と満天の星が俺を出迎えた。

星空からそのまま連なる遠方の山々が、静かにこちらを見守ってくれているようで、俺はなんだか安心感に包まれながら、ゆっくりと空から視線を落とした。

そこに綺麗な女性がいた。

長くて黒い髪が、星たちに負けないくらい輝いている。

まるで幻を見てるかのような美しさ。

人がいたことへの驚きよりも前に、俺は自然とその姿に見惚《みほ》れてしまった。

「あれ、七哉くん。どうしたの？」

課長がこちらに気付き言う。

「ちょっと眠れなくて。課長こそどうしたんですか?」

「ふふふ、一緒。私も眠れなくて」

「そうですか」

俺は夜風を肌に感じながら、ゆっくり課長のもとへと歩いていった。

「涼しいわね」

「はい。風が気持ちいいです」

「ねえ、お散歩しよっか」

課長の笑顔にふいをつかれた俺は、声も出ずにコクリと頷《うなず》いた。

坂道を下り、国道へ出る。

歩道はないが、車が通る様子もないので、気にせずに俺たちは並んで歩いた。

これは夢ではないよなと、高揚感と多幸感で溢《あふ》れながら、頭は冷静にと意識を保ち、念のため課長をガードレール側に誘導する。これが無意識にできればモテる男の完成なのだろうけど、申し訳ないがまだ意識的にやってしまう俺の不器用な思考を許してほしい。まあ、下心があるわけではなく、部下としての気遣いが大きいので、誰かに責められることもなかろう。

目的もなくしばらく歩いていると課長が言った。

「そういえば、明日の花火がある湖、ここから歩いて二十分もかからないんだって。せっかくだから行ってみない？」

「それはもちろん、行ってみたいとは思うんですけど、場所わかります？　知らない土地で迷子になったら悲惨《ひさん》ですよ」

「もー私がむやみやたらな提案すると思う？　じゃーん！」

彼女がポケットから取り出したのはスマートフォンだった。しかもこの時代では最新機種の人気モデルだ。

「え、スマホいつの間に！」

「えへへ、お兄ちゃんに買ってもらっちゃった」

「課長のお兄さんて妹を甘やかすブラコンだったんですか⁉　俺と一緒ですね！」

「そんなんじゃないわよ。ちょっと仕事のお手伝いしたから、その見返り」

「あ、タイムリープチート使ってる」

「なにその造語」

この優秀な美人課長がコンサルタントに付けば、いくら彼女のお兄さんがキレモノの青年実業家だろうと、的確なアドバイスを前に頭も上がらなくなるだろう。スマホ一台じゃあ、コスパが良すぎる。

課長はスマホを操作しながら湖の位置を調べ、こっちね、と歩き出した。

今や当たり前のように使われるＧＰＳ機能だが、一昔前では上手に使いこなせない一般人も珍しくなく、コンビニで道を聞いたり、ゼンリンの地図を確認したりというのが普通だった。もちろんガラケーだってキャリアの用意した地図アプリがデフォルトで入っている機種も多いが、みんなが手軽にマップを利用するようになったのは、やはりスマホの影響が大きいだろう。使いやすさ、わかりやすさってのは大事だ。

さて、マップ上でいうと半分くらい来たところだろうか、ポツポツと立つ外灯の明かりしかなかった車道に、とびきり強い光が見えた。

「こんなところにコンビニあるんですね」

広い駐車場には何台か大型トラックが停《と》まっている。長距離ドライバーが休憩所として利用する役割も兼《か》ねているのだと思う。

飲み物でも買おうかと俺と課長はコンビニの中へと入った。

なんだか緊張の連続だったせいか、喉がカラカラだ。干からびた喉を爽快に刺激させようと、俺はサイダーを一つ買う。

課長はまだ選んでいるようだったので先に店から出て、入り口の前で待つことにした。

頭上からバチバチと音がしているのでなんだろうと見てみると、大きな蛾《が》が何匹も誘蛾灯に群がっていた。虫が得意かといわれれば、別に昆虫博士と異名《いみょう》を持つような少年時代をすごしてきたわけでもなく、素直に気持ち悪いと顔をしかめてしまうのだけれど、これも田舎の夏らしい一興かな、なんて思いながら俺はサイダーを喉へ流し込んだ。うん、最高に美味しい。

二口目にいこうかというところに課長が戻ってきたので、ペットボトルの蓋《ふた》を閉めて手にさげていたビニールへサイダーをしまった。

課長はピョコピョコとなんだか楽しげに俺のもとへとやってきて、立ち止まる。両手をうしろに回してなにかを隠しているようだ。俺が首をかしげるとニヤニヤしながら課長は勢いよく手に持っていたものを前に出した。

「じゃじゃーん！　花火！　買っちゃった」

じゃーんの次はじゃじゃーん。じゃーんの二段活用だ。ちゃっかりバケツも買ってる。

「また子供みたいなものを」

「子供でしょ？　私たち高校生なのよ？」

「まあ、そうですけど。明日大きいほうの花火見るのに、今日それやるんですか？」

「いいじゃない。手持ち花火は別物よ別物」

なんて言いながら、この俺、めちゃくちゃテンションが上がっている。花火ごときで浮かれる幼い男子だと課長に思われたくなくて、クールを気取ってカッコつけているのだ。ああ、やっぱり琵琶子先輩のことツンデレなんて言えない！　七哉のツンデレ！

ルンルンと大事そうに花火を抱える課長と、その他のバケツや水を持った俺は、再び国道を歩き始める。

そうして見えてきたのは向こう岸がかすれて見えないくらいの広大な湖。

俺はその風光明媚《ふうこうめいび》な景色に、鳥肌を立てた。

なんだろう、歳《とし》のせいかこみ上げるものがあり、いい感じのバラードでも流れようもんなら、涙が溢れ出てしまいそうだ。運転免許がまた取れるようになったら、ラジオを聴きながらドライブに来よう。もちろん、そのときも課長が隣にいてくれれば、言うことなし。

なんて俺が思っているのに、課長は、

「七哉くん、こっち。もう少しだから」

と、淡々《たんたん》と足を進める。

え？ 感動しないの？

いや、大人な課長だからこういった日本の絶景は見慣れているのかもしれない。そりゃ二十数年生きていれば各地へ旅行くらいするだろう。

そうだよな。でも、もちろん、旅行するにも女友達とだよね？

恋愛に興味ないと断言する課長だもの。

男と行ったなんてことはないよね？

ないよね……？

「って、課長、こんなところ通るんですか？」

トボトボと課長の背中を追いかけてみれば、いつの間にか国道からそれ、アスファルトも途切れた細い山道へと進む。人工的な光はもう完全に視界には届かず、猫のように瞳孔を丸く開いてやっとのことで暗闇《くらやみ》に伸びる道なき道を認識《にんしき》する。

そして現れたのは、五十段はあるだろうかという石段だ。手すりもないその階段は蛇腹《じゃばら》な曲線を描き、人が一人通るのが精いっぱいの幅をしている。

こんなのを上るのか……と心配してみれば、まあ、一度決めたことをそうそう中断することのないストイックな彼女が止まるわけもなく。結局二人して石段に足をかける。

上り始めて数分。俺は高校生の若い肉体であることを感謝した。こんな急な階段、二十七歳の肉体なら十段目辺りで音《ね》を上げているに違いない。

意外と筋トレの効果も出ているのか、気付けば楽に頂上へと着いてしまった。課長はと見てみると、息を切らしている様子もなく余裕な笑みを浮かべていた。なんか、ちょっと悔《くや》しい。

頂上には小さな神社が立っていた。といっても、あるのは俺たちの背丈《せたけ》より少し高い鳥居と、小さな祠《ほこら》だけだ。

「お参りでもしとく？」

「また何年も昔に飛ばされたら嫌なので遠慮しておきます」

「あはは、大丈夫よ、ここはちゃんとマップにものってるから。正真正銘、実在してるわ」

「ならいいですけど」

あっけらかんとしているが、この人ってばオカルト耐性あるよなー。乙女《おとめ》チックなところもあるし、意外と非現実的なものが好きなのだろうか。暗闇にたたずむ山奥の祠とか、俺的には割と手汗かくぐらいにはホラーなんだが。

「じゃあ、行きましょうか」

「え⁉　まだ進むんですか⁉」

「うん。この祠の裏にけもの道があって、その奥へと進むと湖が見渡せる穴場スポットがあるんだって。花火もよく見えるらしいのよ」

やけに詳しいな。まさか、ここ自体に来たことあるとか……？　しかもこんな穴場なんて、普通、女友達と来ないんじゃ……。いやいや、余計なことを考えるのはよそう。せっかく課長と二人きりなんだ。しょうもない憶測で自分からテンション下げてどうする。

裏道を歩いてから広場に出るまでは早かった。

雑草がまばらに生《は》えたその場所は、学校の教室くらいの広さ。奥は崖になっているも、近づかなければ危険がないほどには距離がある。石段を上ってきた分、割と標高も高かった。

真正面には湖。

穴場と呼ぶにふさわしい光景だ。

さっき俺が涙しそうになった初見の感想をそのままコピー&ペーストしたい。逆にあんだけ語ってたのが恥ずかしいよ。なんだこの絶景。

「綺麗ね……」

課長が穏やかな口調で言った。

俺は横に並び返事をする。

「はい」

もし、明日、ここで花火を見れたなら。

どれほど綺麗で、どれほど心に刻まれるだろうか。

「よし、場所もわかったし、いい下見だったわ」

「下見だったの⁉　本当、事前準備が完璧ですね……。と、ところで、なんでこんな穴場を知ってるんですか？」

「さてここでクイズです。なんででしょうっ？」

「出た、唐突かつ雑なクイズ！」

流行《はや》ってんのかそのクイズの出し方。

「正解は、聞いたからです！」

「いや、答えも雑！　誰に聞いたかが知りたい！」

「左近司さんのおばあさまよ」

「な、なんだあ……」

今年一番の安心感でつい表情がほころぶ俺。

「どうしたの、そんなニヤニヤしちゃって？」

「あ、いえ！　なんでもないです！　しかし、いつの間にそんな情報を仕入れたんですか？」

「お夕飯の準備をしているときよ。おばあさまもよくおじいさまとお祭りの日にここへ来て、湖越しの花火を見ていたらしいわ。思い出の場所だって嬉しそうに話してた」

あの熊治さんが、こんなロマンチックな場所に？　まったく想像がつかない。

「確かに、ここは二人で来たら、思い出の場所になりますね」

「え？」

「あっ、もしもの話ですよ！　もし、いい感じのカップルとかが来たらそりゃ、いい感じのいい感じになるかなーと」

「そ、そうよね！　あはは、もしもカップルで来たらね！　うん、違いないわ！」

「ですよね！　あははは！」

「買ってきた花火しましょっか！　ね！　花火花火～！」

「わーい！　花火嬉しいなー！」

俺は持っていたバケツを地面に置き、中に入れていたペットボトルの水を取って中身を移し替えた。トクトクトクと水を注《そそ》ぎながら、心を落ち着かせる。

現在進行形で二人きりだというのに、「二人で来たら、思い出の場所になりますね」なんて、なにをまた……………恥ずかしすぎる。アホか、バカか、ドジか。やらしいアピールみたいに思われなかっただろうか。

買ってきた小さなろうそくに課長がライターで火をつける。揺れる灯りが柔らかく辺りを照らす。俺がその色をボーっと見ていると、課長が花火を一本、渡してくれた。

二人で同じろうそくに花火をかざし、点火させる。パチパチパチと数秒の助走をつけて一気に火花を散らす互いの花火が、先端で交差した。それを見て俺たちは自然と笑った。

「夏に花火なんて、なんか青春ですね」

「そうね、忘れてたものを取り戻している感覚だわ」

「あはは、課長、目がはるか遠くに行ってますよ」

「うん、あの星空へ飛ばしてるの。この花火をロケットにしてね」

「乙女だな！」

「詩人と言ってほしいわね」

「はいはい」

「なによ、バカにしてんのかー下野ー！」

「うおっ！　あぶね！」

まだ勢いも衰えていない火花の先端を俺に向ける課長。久しぶりに下野って呼ばれたな。

「おらおらー、上司をバカにするからだぞー。私が抱えてた大型案件、丸投げしてやってもいいんだぞー」

「うわー、すみません課長！　それだけは勘弁をー！」

なんて公私混同パワハラ上司！

「あ、消えちゃった」

つまらなそうに火種をバケツに入れる課長。

「俺の勝ちですね」

かすかに燃えている花火を持ちながら俺は勝ち誇《ほこ》る。見たか、これが泥臭く生きる平社員営業マンの雑草根性だ。ちょっとやそっとじゃ、この轟々《ごうごう》と燃ゆる焔《ほのお》は消せやしないのだ！

「な……！　普通そういうのって線香花火でやらない⁉」

数秒もしないうちにあっけなく消えた花火の火種を俺がバケツにむなしく入れていると、課長が細い目で睨みながらちょっと拗ねた様子を見せた。負けず嫌いだなあ。

「じゃあ、やりましょうか。線香花火対決」

「おー、いい度胸ね下野社員。受けてたてまつる！」

たてまつってどうする。

「えっと、線香花火は……」

たくさんの花火が入った袋から、線香花火を探すも、暗くてよく見えない。しかたなく火の近くで見ようかと思ったところで、課長の指が俺の手のすぐそばをすり抜けた。

「これでしょ？」

二本の線香花火を取り出して課長が言う。

あと少しで触れそうだったその肌に、俺は中学生男子みたいにテンパりながらも、震える指で片方を受け取った。ていうか少し触れた気がする。スベスベだった気がする。

そんな俺の気も知らず課長は、

「ほら、七哉くん来なさい。勝負よ」

と、やる気マンマンである。

ろうそくの前でしゃがんでいる課長の隣へ移動し、俺も同じ体勢になった。

「やるからには俺も真剣勝負でいかせてもらいます」

「そうね、それなら罰ゲームをもうけましょうか」

「罰ゲーム？　どんな？」

「うーん、そうねー。負けたほうが勝ったほうのお願いをなんでも一つ聞く！」

「またベタな……」

「ベタいいじゃない。ありきたりというのはニーズがあるからということよ」

「わかりました。あとからやっぱなしはダメですよ」

「だ、だからといってエッチなのはダメだからね！」

「わかってますよ！　厳しい女上司にエッチなお願いするドジな部下はいません！」

「ん？　今、頭になんか変な修飾語がついていたように思えるけど。よく聞こえなかったからもう一度言ってもらえる？」

あ、やべ。

「いえ、なにも言ってません」

「き？　き、なんだって？」

「えっと……」

「き？」

「綺麗な女上司！」

「よろしい」

「ほっ……」

「って、誰が綺麗ですって！」

「えええ⁉」

「ババババカじゃないの！」

結局怒られるの⁉　選択肢ムズ！

本当、この人なんでこんなに綺麗でかわいいのに褒《ほ》められ慣れてないんだろう。社会人やってれば絶対に褒めてくる取引先とかいると思うけどな。褒めるどころか口説《くど》いてくるやつもいそう。それは俺が許さん。

「さ、火つけましょうか課長」

まあ、俺もいい加減、課長のこの反応に慣れてきているので、流して勝負を進めよう。

「冷静なのがムカつくわね。じゃあ行くわよ。いっせーのーで」

ゆっくり、俺たちは同じタイミングで先端の火薬を燃やす。

蛍《ほたる》のような光が静寂《せいじゃく》の夜にパチパチと音を奏《かな》でた。

儚《はかな》いながらも力強い光だ。

まるで一瞬の間、この世界には俺と課長しかいないんじゃないかと錯覚《さっかく》するような空間に、俺はどことない恥ずかしさを覚え、つい空を見上げた。

綺麗に澄んだ星たちは、一つ一つが線香花火の光のようで、地球ってこんなに芸術的だったんだなと、らしくもなく感傷《かんしょう》に浸《ひた》る。

そして、俺は課長に聞いた。

「課長、夏の大三角形ってどれですか？」

「うん？　あれよ。ほら、ひときわ強く光ってるあの三つの星」

「ああ、言われると三角形が浮かび上がってきました」

「あそこのベガとこっちのアルタイルは織姫《おりひめ》と彦星《ひこぼし》なのよ」

「七夕《たなばた》の？」

「そう」

「へー、初めて知りました。七夕のときに見とくべきでした」

「っていっても、七月は見えにくくて、この時期が一番よく見えるんだって。ちなみに七夕に雨が降ると天の川の水かさが増して、その年は会えないらしいわよ」

「え、そうなんですか。彦星もなにかと災難なやつですねー」

「そもそも一年に一回とか厳しすぎるのよ。──私なら、好きな人には、いつでもそばに……」

ポトっと音がして俺たちの手元の明かりが少しだけ弱まった。

空から視線を移してみれば、課長の灯りが静かに地面へ落ちていた。

「消えちゃった……」

どこか寂しげに課長は言う。

そのあと、小さく、俺の花火も消える。

そこにはろうそくの灯りだけが残った。

「あーあ、また私の負けね。最近ツイてないなあ」

「え？　最近なにか嫌なこととかあったんですか」

「べ、別に……あなたには関係ないでしょ」

「す、すみません」

調子のってプライベートなことまで詮索《せんさく》しすぎた。課長にだって俺が知らない日常があるのだ。たかが、会社や学校が同じというだけの人間にズカズカと踏み込まれるのは嫌に決まってる。

「それより、罰ゲームは？ なにしてほしい？ もう一回言っておくけどエッチなのはダメだからね！ ほ、本当にダメだからね！ ちょっとだけならとか、そういうのダメだからね！」

「わかってますよ。えっとですね……」

「うん……」

「………」

「………？」

考えていなかった。

お願いごとなんて、いくらでも浮かんでくるだろうと、余裕をかまして考えていなかった。

そりゃあ、課長にしてほしいことなんて山ほどある。付き合ってください？ いやいや、冗談でも罰ゲームで言うことじゃあない。キスがしたい！ ただの変態だ。あんだけエッチなことはダメと念押しする貞操観念《ていそうかんねん》の高い女性に罰ゲームを利用してキスを迫るなんて、クソ野郎としか呼べない。手をつないでほしい……。ギリありか？ いや……めちゃくちゃ微妙なライン。冗談ぽくいけば押し通せるかもしれないが、その分、マジなトーンで引かれたときのダメージがでかい。

ああ、思いつかない。

ちょうどいいラインのお願いごとが思いつかない。

「ねえ、ないの？」

「……ないというか、す、すぐに思いつかなくてですね」

「優柔不断」

「すみません」

「まあ、七哉くんらしいわね」

「ありがとうございます」

「言っとくけど褒めてないからね！」

ですよねー。

せっかくの大チャンスを逃した気がしてならない。課長の言う通り、本当に俺は優柔不断で情けない男だ。まったく……、俺、下野七哉嫌い！

ところで、

「課長はもし勝ったらなにをお願いする予定だったんですか？」

「え⁉　べ、別に。それ、言わなきゃダメ？」

「いや、ちょっと気になったもので」

「………あのね」

珍しく課長はしおらしい様子で声を細め、顔をそむけたまま、俺に言うのであった。

「明日もここで――一緒に花火を見たいな」

暗くて定かではなかったが、夏の大三角が照らした彼女の耳が、少しだけ赤いように見えた。

——俺はその夜、一睡もできなかった。

→ 上條透花さんの日記　非公開

← 以前の日記

上條透花の鍵アカmixi日記　【社会人2年目】

4月22日　水曜日

くう……（´・ω・｀）

言えなかった……(´・ω・｀)

下野くんに高校の話、切り出せなかった……(´・ω・｀)

ていうか、向こうが覚えてないのに私だけ覚えてるとか

そんなストーカーみたいなこと言えるわけないのよヽ(`Д´)ノ

あ、でも今日、下野くんの教育係に任命されたんだ(*^-^*)

女子社員のお尻ばかり見てるダメな課長も

たまにはまともな采配を振るじゃない

褒めてつかわすー(*'ω'*)！

仕事たのしー(*^^*)

第5章 上條透花は後悔している

Why is my strict boss melted by me?

「この男は……！」

私、上條透花《かみじょうとうか》は久方ぶりにキレていた。一応、私も女子だし現役《げんえき》高校生なのだから、あまり怒りを表に出すことはしたくないと常日頃《つねひごろ》から心がけてはいるものの、まあ、こうも私のテンションを下げてくれる目の前の男を見たらその安らかで気持ちよさそうな寝顔に一発蹴《け》りでも入れてやりたくなるものなのだ。

左近司《さこんじ》さんのご祖母のお宅へお邪魔してから二日目の午後。うだるような暑さも落ち着き始めた十六時すぎのことである。これからの予定を語るなら、そろそろお祭りへと出かける時間で、女性陣はおばあさまの用意してくれた浴衣《ゆかた》に身を包み、鬼吉《おにきち》くんもいつもながらのテンションで甚平《じんべい》を着込み準備は万端。

たった一人、なんの支度《したく》もしないで大いびきをかいているのは、私の部下こと下野七哉《しものななや》だ。

畳の上に敷かれた布団《ふとん》で大の字になりながら、まったく起きる気配も見せない。

もう一度言うけれど、今は十六時だ。

確かに夜更《よふ》かしはした。

昨夜、私たちが帰ってきたのは深夜一時くらいのことだ。だとしても、そこから、すでに十四時間も経《た》っているのだ。

十四時間だ。

疲れていつもより長く眠るのは別にいい。十四時間寝たらさすがにもう起きない？ベストな睡眠時間と言われている七時間半。諸説あるし、個人差もあるだろう。しかし、その約二倍もの長さが経っているにもかかわらず、なにをやっても起きないくらいの熟睡というのはさっそく睡眠障害を疑うほどで、半分心配の気持ちすら芽生《めば》えてきている。

さて、この私のガッカリぶりがどれくらいのものなのかと誰《だれ》かに伝えるとするならば、昨夜のことから語らなければいけない。そう、わかりやすいスタート地点は、二十時の入浴からだろう。

◆

「ううう……ううう……」

左近司さんのご祖母宅の浴場はまるで銭湯のように広く、一般家庭では考えられないシャワー台が三つもあるという豪華ぶりだった。その端に座り、私は出しっぱなしのシャワーへ滝行《たきぎょう》のように頭を突っ込んだまま、ワックスとスプレーでゴワゴワになった髪を流していた。

悲しみとともに。

「よしよしカチョー。かわいそーだねー、よしよし」

隣に座っていた奈央《なお》ちゃんが私の頭を撫《な》でる。

「頑張って左近司さんみたいなギャルになったのに」

「よしよし。うん、頑張ったよねカチョー。ギャルっぽい格好しただけで、ギャル自体にはなってないけどね。よしよし」

「ううう……ギャルが好きだって言うからぁあああ」

「よしよし。うん、そうだね。多分それは言ってないとは思うけど、七哉が悪いんだよ。よしよし」

「ううう、奈央ちゃーん！」

私は彼女の大きな大きな胸へと顔をうずめた。身にまとうものがないので奈央ちゃんの特大な胸の柔らかさがダイレクトに私を優しく包む。ああ、聖母マリアよ。

奈央ちゃんはよしよしと言いながらシャンプー剤を私の頭につけカシャカシャと洗い始める。え？　本当にこの子ママなの？　私のママ？　好き！

「ちょ、ちょっとアンタたちなにやってるワケ？」

そこへガラガラと入り口の戸を開け、左近司さんが遅れて登場。二十八歳の女が年下の女の子（十五歳）に髪を洗われているところを同級生（十六歳）に見られるという地獄絵図が完成した。

冷ややかな目を向けながら左近司さんは奥のシャワー台へと移動する。顔が少し赤くなってるが今日のバーベキューで焼けたのだろう。私も日焼け止めクリームを塗ってはいたが、元来、肌が弱く色素も薄いので、少しだけヒリヒリしている。こんなことなら肩なんて出さなければよかった。

「そういえば、今日バーベキューでいたあの二人。なんかどっかで見たことある気がするんだケド」

シャワー台に着いた左近司さんが、イスに座りながら言う。

「そうなの？　でも初めて旅行に来たとか言ってなかったっけ？」

それに奈央ちゃんが答えた。

「んー、まあそうなんだケドね。ビワの勘違いかも。奈央ぽんはだいぶなついてたじゃん。もしかして気に入った？」

「ううん、ぜんぜん」

奈央ちゃんの返事に私がつい反応してしまう。

「え、全然なの⁉　奈央ちゃんこういう大人が好きなのかなーって、私ちょっと寂《さび》しく思ってたのに」

「やったー！　カチョーに嫉妬《しっと》されたー！」

「だって……左近司さんも言ったけど、すごいなついてたから」

「初対面の人には愛想《あいそ》よくしないとダメなんですよカチョー」

なんかすごい大人なこと言いだした！

「あの人たちわたしのおっぱいばっか見てるんだもん」

「いや、あなたいつもおっぱいすごい前面に出してるじゃない！」

「ちっちっち！　カチョー、おっぱいを見るにも、いいおっぱいの見方と、悪いおっぱいの見方があるのですよ。あの人たちは悪いおっぱいの見方してました。男の人はおっぱいを見る目でその人となりがわかるのです」

なんかすごいこと言ってる！　内容はまったく頭に入ってこないけど！

それにしても奈央ちゃんの胸は改めて見ても確かにすごい。男の人の視線がついこの胸へ吸い込まれてしまうのもわかる。

それに加えてピチピチの肌。奈央ちゃんも……そして左近司さんも！　羨《うらや》ましい。なんて思いながら自分の腕を見ると、防水加工でもしてるのかというくらい水をはじいていた。

そうだ、私だって十七歳。まだギャルになれる！

いや、待て。

本当にギャルになればいいってもんなのか？

今日の七哉くんの反応からして、私がいくら左近司さんの真似《まね》でツインテールにして髪を巻こうと、袖《そで》をまくってパリピ感出そうと、そもそもがギャルになれるようなポテンシャルを私は持っていないのではないだろうか。

努力は必ず報われるものではない。ベクトルを間違えれば、時間を失うだけで非効率的だし、生産性もない。

私なんかがギャルになろうだなんてこと自体、おこがましく、浅い考えだったのだ。

ギャルというのは選ばれた人間、そう、左近司さんのような容姿端麗で、性格も明るく、社交的なスーパーガールにしかなれないのである！

見てみよ、あの抜群のスタイルを！

すらりとした長い腕に、クビレた腰つき。ほどよい肉づきの太ももから伸びる脚は、まあ、長いこと。その上、顔も小さいものだから、まるでモデルのように全体のバランスが整っている。ああ、泡が邪魔だ。もっと、もっとその体を見せて、私にモテるギャルの秘訣《ひけつ》を教えておくれ女子高生！

「なななな、なにさっきからジロジロ見てるワケ上條透花！」

「ちょっと研究を……」

「人の裸見てなにを研究できるってワケ⁉　意味わかんないんだケド！」

「その……女子力を」

「カチョー、女子力の意味勘違いしてない？　変態キャラはわたしがやるからカチョーは清楚《せいそ》にしてなきゃダメだよ」

小さな子供をあやすような口調で奈央ちゃんからツッコミが入った。おかしいわ。ついこの間まではなにかと私が奈央ちゃんにツッコミを入れていたのに、なんだか最近、立場が逆転しているような。これがかわいい後輩の成長ってやつかしら。なるほど、それなら感想は、おかしい、じゃなくて、嬉《うれ》しい、になるわね。嬉しいわ。

「ちょっと奈央ぽん、上條透花のどこが清楚なワケ」

げ、また左近司さんの攻撃が始まりそうだ。どうしてこの子はこんなに私を嫌うのかしら。私に至《いた》らぬところがあるなら改善したいから言ってほしいんだけれど……。年頃《としごろ》の女の子とのコミュニケーションってやっぱ難しい。こういうときに事務のお姉さん方がいてくれると、若い子との会話を円滑にするアシストが入るのだけれど、意外と社会人時代の私は人に頼ってばかりだったのね。

「あははは ー 、琵琶子《びわこ》ちゃんよりはカチョーのほうが清楚だよー」

ああ、すごい天然！　本領を発揮してきたわね奈央ちゃん！　そこがかわいいんだけれど！

「か、上條透花は、その、ズバズバものを言って……カッコいいというか、こうキリッとしてるというか、強いというか！　とにかく清楚とは一番かけ離れた人間ってワケなんだケド！」

ぐはっ！　血が……心という見えない臓器から大量の血が吐き出される。出血多量で瀕死《ひんし》寸前だわ。清楚とは一番かけ離れてる……他人から見た私はそんな風に映っているのね。

そりゃ、どんなにデレデレしても七哉君が振り向くわけもないはずだ。

「おー、なるほど！　説得力がありますなー。納得納得。琵琶子ちゃんはよくカチョーのことを見てるんだね！」

唯一の味方も納得してしまった！　ひんしでボールの中へと戻ったのに、センターに預けられることもなく野生へ放流された気分だわ！

「べ、別に見てないんだケド！」

ああ、もういっそのこと悪の組織につかまってボスキャラのモンスターとして活躍してやろうかしら！

「琵琶子ちゃんツンデレってやつですなー。かわいいですなー」

「なに言ってるかビワまったく意味わかんないんだケド！　も、もう先にお風呂《ふろ》入ってるから！」

そう言って体中の泡を洗い流し、左近司さんはスタスタと湯船へと歩いていってしまった。

ザッパーンと豪快な入水音が聞こえる。

ところでいつからかツンデレの意味って変わったのかしら。

「カチョーと一緒のツンデレだね」

いたずらに奈央ちゃんが私にだけ聞こえる声で言った。うん、やっぱり意味が変わったらしい。

「カチョーは明日ツンデレになっちゃダメだよ。男子は夏祭りの浴衣女子に弱いんだから。七哉にカチョーの魅惑《みわく》のうなじ見せてやりなよー」

「そ、そうなの？　浴衣女子に弱いの？　……って別に七哉くんは関係ないでしょ！」

「うんうん、そうだね。七哉は関係ないねーカチョー。それでね、七哉は鈍感だからもっと押せ押せゴーゴーじゃなきゃダメなんだよ？　カチョーは押せ引くツンツンなんだからいつも」

「奈央ちゃん私の話聞いてる⁉」

「聞いてるよー！　わたしも協力するからね！」

ダメだ聞いてない！　完全に私が七哉くんを好きなこともバレている！　そして、私の抵抗をものともしない！

そんなこんなで、かわいい後輩のたくましさを改めて思い知らされながら、私たちは旅の疲れを癒《いや》すのであった。

◆

二十三時をすぎ、みんなが寝静まったころ。

私は静かに玄関の戸を開け、一人、夜空の下で星を見上げていた。

押せ押せゴーゴー。

奈央ちゃんの言葉を脳内で何度も反復させる。

夏、お祭り、花火。

押せ押せゴーゴーの役満《やくまん》じゃないか。

この際、左近司さんが憧《あこが》れの人かどうかの真相は後回しだ。他人に左右されて目的を見失っている場合じゃない。私はなんのためにタイムリープしたのだ。

思い返せば高校二年生の夏休みはまったくといって思い出に残ることなどなかった。もう、それは多忙な芸能人が忙しすぎてあの頃《ころ》の記憶はありませんね、というくらいに私も記憶が曖昧《あいまい》だ。だって、受験勉強するか、健康維持の運動するか、生徒会の仕事するか、それくらいしかしてないから！　しかも私はそんな夏休みを学生らしいと自らに言い聞かせ、偽りの満足をしていたのだ。

そんなはずあるか。

満足していたら、高校時代をやり直したいだなんて後悔はしない。

けれど、この二回目の夏休み。舞台はしっかり整っている。

生徒会には入っていない。勉強だって二度目となればスラスラ頭に入ってだいぶ余裕がある。そして、肝心の七哉くんとの距離。

経緯《けいい》はどうあれ、明日、千載一遇《せんざいいちぐう》のチャンスが訪れる。

これを逃さないため、慢心をしないのが上條透花である。企画を完璧《かんぺき》に遂行するための下準備は怠《おこた》らない。

左近司さんのおばあさまから聞いた穴場スポットの下見と行こうじゃないか。

当日になって場所がわからないだなんてヘマはしたくないからね。

七哉君をそこへ連れ出すためのプランはまた別で考えるとして、まずは祭り会場からの最短ルートを割り出すため、しっかり位置を把握しておこう。

私は兄に買ってもらったばかりのスマートフォンをポケットに入れ、いざ戦場へ赴《おもむ》こうとした。

すると、先ほど私が閉めたはずの玄関が再び開く。まずい、外へ出るまでに物音で誰か起こしてしまったのか。

すぐに私は振り向いた。

おおおう……。

ええ……。

まさかの、よりによって、下野七哉かよぉ……。

この年って私、厄年《やくどし》だったかしら。

しかたない、偶然を装って自然に声をかけるか。

私は彼と話しながらこのアンラッキーを前向きに変換することにした。

今度こそ誰にも邪魔されない二人きりだ。

満天の星は澄み渡り、私の後押しをしてくれるだろう。

さあ、思い出づくりといこうじゃないか、上條透花。

◆

「明日もここで――――一緒に花火を見たいな」

夜も更け、時間が溶けていくような楽しい瞬間をすごした私は、七哉くんへ向けて覚悟を見せた。

押せ押せゴーゴー。

夏の透花はひと味違うのだ。

彼の表情を見ることはできないけれど、否定や冷やかしの言葉が返ってこないということは期待してもいいのではないだろうか。

頑張ったかいがあった。

明日、またこの場所で――――そう思えればいいな。

なんて希望に胸を膨《ふく》らませていたらこれだよ!

なに寝てんだよ！　起きろよ！　起きてお祭り行くんだよ！

「あっはっはっはー！　七っち全然起きないぜ！　よっぽどいい夢見てんだなー」

「もう鬼吉くん笑いごとじゃないの！　起こしてよ！」

「カチョー、じゃあわたしがおっぱいホットサンドプレスで起こしてあげるよー！」

「おっぱいホットサンドプレス⁉　初めて聞いた言葉だけどなんだか想像できるからそれはよして！」

と、こんなに周りで騒いでいても一切《いっさい》、起きる気配を見せない。こうしている間に時間は五分、十分とすぎていっている。

「しゃーない、もう置いてくしかないんじゃない？」

ため息をもらしながら左近司さんが言った。

「だ、だけど……」

私は駄々をこねる子供のような声を出して左近司さんを見つめる。

「ここからお祭り会場までそんな遠くもないし、起きたら一人で来るでしょ。あとで合流すればいいと思うんだケド」

あまりに淡々《たんたん》と彼女が言うもんだから、確かにそれが正しい選択でいつまでも七哉くんが起きるのを待つことにこだわっているのもバカらしいとはわかりつつも、私はもう一ターンくらいは食い下がってやろうと目論《もくろ》む。

しかし、左近司さんの顔を見て、出かかったわがままを飲み込んだ。左近司さんも寂しげな顔をしていたからだ。

まったく、罪な男だ。

「そうね、ごめんなさい。行きましょうか」

私は口をあんぐり開けている間抜け顔に向け舌を出してから部屋を出た。

おばあさんに行ってきますの挨拶《あいさつ》をして四人で湖へ向かう。

ほとりに近づくと車両規制の看板が見え、ぽつぽつと屋台の姿が現れる。遠くの人だかりから聞こえる声と微《かす》かな太鼓の音が私の気分を高揚させた。――祭りの音だ。

◆

湖の周りにはたくさんの屋台が並ぶ。空は夕焼けに赤く染まり、本格的に祭りは活気を帯び始めていた。

たこ焼きに焼きそば、綿あめに林檎飴《りんごあめ》、極《きわ》めつけにはベビーカステラと、若い子たちの食欲は止まらない。特に一年生たち。奈央ちゃんと鬼吉くんはこれだけ食べて、なお、

「次はチョコバナナ食べたいー!」

「ウェイウェーイ、いいねチョコバナナー! 行こうぜヒュイヒュイ!」

まあ、鬼吉くんは体が大きい分、胃も大きいのだろうと納得はできるが、奈央ちゃんはあの小さな体でどうしてあんなに食べられるのか。その割に太っているわけでもない。

「え？　おっぱいに栄養が行ってるんだよ？」

なんと、まあ、一度は言ってみたいセリフである。しかし、私の胃はもう限界だ。さすがに精神年齢と食欲に因果関係はないと信じたいが……やはり若さとは内から出るものなのだろうか。そ、その分、私には大人の魅力があるんだからね。あるんだろうか？

「私はもうお腹《なか》いっぱいだからチョコバナナはいいかな」

「えー、カチョーは他《ほか》に行きたい屋台とかないの？」

「行きたい屋台ね……あ、七味唐辛子《しちみとうがらし》買いたいかも！」

「「七味唐辛子～？」」

奈央ちゃんと鬼吉くんが声を揃《そろ》えながら、理解不能という文字を表情に書き私を見た。

「うん、七味唐辛子。屋台にたくさんの薬味が並んでてね、それを目の前で一つずつ大きなボウルに入れて調合してくれるのよ。七色の薬味が空気を切りながら混ざっていく様がとても綺麗《きれい》なの。味もピカイチでね、辛すぎないからいくらでも食べれちゃうの。コンビニに売っているたまごサンドなんかの中に大量にまぶして食べると、これがまた美味《お》しいのよ。薬味成分が効いて美容効果も抜群！　近くで大きなお祭りやってたら七味唐辛子だけ買いによく行ってたわー」

おかげで家の冷凍庫にはジップロックに入った七味唐辛子のストックが常に置いてあったのだけれど、それはタイムリープ前の一人暮らしの話。あいにく実家の冷凍庫にはもちろんあるわけもないので、一つくらい買っていきたいなーと思っていたのだ。

「なんか大人だねーカチョー。でも七味唐辛子はわたしいらないかなー」

奈央ちゃんが心底興味なさそうに言った。

「さすがに俺《おれ》も七味唐辛子には惹《ひ》かれないぜ」

あの、陽気でなんでも肯定してくれる鬼吉くんでさえ、少し引いている。え、私そんな引くようなこと言った？　言ったわね。七味唐辛子を熱く語る高校生なんて私くらいなものよね。

「そ、そうね。残念だけど今回は我慢するわ」

「ビワ付き合ってもいいケド」

紙袋に入ったベビーカステラをバクバク食べながら、ここまでの様子を黙って見ていた左近司さんが口を開いた。全部食べ終わったのか、紙袋を行儀よくたたんで屋台の横に置かれたゴミ箱へと捨てる。そして、こちらを見てもう一度言った。

「どうしても上條透花が行きたいなら、ビワが一緒に行ってもいいケド。チョコバナナけっこう並んでるし、オニキチと奈央ぽんがチョコバナナ買ってる間にそっち行ってくればよくない？」

「左近司さん……いいの？」

左近司さんは黙ってコクリとうなずく。

まさか、あれだけツンケンしていた左近司さんが私のために気を使ってくれるだなんて……。

「そうだな！　人が多いから一人にさせるのは心配だけど、ビワちょすが付いていってってくれるなら二人で行ってきなヒュイ！」

と、鬼吉くんのお許しも出たので、私たちは二手に分かれて各目当ての屋台へと移動することになった。なぜ鬼吉くんの許可が必要なのかという疑問は置いておいて、確かにこの人混みの中で一人だけはぐれるのは少し怖いので、そういう意味では奈央ちゃんも鬼吉くんが一緒なら安心だ。まあ、本来ならこちらの組にも男子が一人ほしいものだけれどね。ほしいものだけれどね！

屋台の列の中をしばらく探していると、目的である七味唐辛子の文字を見つけ、私は左近司さんを誘導しながらそちらへ向かった。

高校生たちは難色を示したが、大人からの人気は確《かく》たるもので、先ほど見たチョコバナナの店と変わらないくらいの列を作っている。

私たちはその最後尾《さいこうび》へと並ぶ。

しかしここへ来るまでの間、左近司さんとの会話はまったくない。正直言って気まずい。

仕事で誰かとコミュニケーションを取るときは目的が明確なので、そこに気まずいという感情が生まれることはないのだが、高校生同士の関係となるとそうもいかない。

なにか会話をと話題を考えてみれば、これでも営業マン、世間話のネタは豊富に用意してあるが、相手は左近司さんだ。どんな反応が返ってくるか、見当もつかないのである。

そんな私の戸惑《とまど》いの様子が透けて見えてしまったのか、珍しくも左近司さんの方から話題を振られてしまった。しかも、その内容はというと、

「アンタって七《なな》のすけとどんな関係なワケ？」

「どどどどど、どんなとは、どういうことでしょうか？」

「なんか仲いいじゃん？」

探られている……⁉

やはり、左近司さんも七哉くんを……。先日ファミレスで聞いた『気に入っている』という言葉は、やはり空耳でもなんでもない事実だったか。

先頭の客が品を買い終え一つ列が進む。それと同時に私たちのうしろへも新たな二人組が並んだ。

「この前も言ったけれど、選挙の応援会で一緒だっただけで、別にただの後輩と先輩の仲よ。そういう左近司さんこそ、最近やけに七哉くんと仲がいいように見えるけれど？」

悪手《あくしゅ》だっただろうか。しかし、この機にハッキリさせておく必要があるのかもしれない。いつまでもヤキモキしているのはさすがに疲れた。はたして本当に奈央ちゃんが言っていたような相談相手として七哉くんを見ているのか。それとも別の意図があるのか……。

「まー仲がいいっていうか、ビワは七のすけのこと好きだからね」

「はわわわわわわわわわわわわわわ！」

「ちょ、ちょっとなにその顔⁉　なんか白目むいてるんだケド！　大丈夫⁉」

「あ、ああ。ごめんなさい。ちょっと、耳がおかしくなってしまったらしくて。多分聞き間違いだと思うんだけど、七哉くんのことなんだって？」

「好きだケド」

「およよよよよよよよよよよよよ！」

「ちょっと本当に大丈夫なワケ⁉　あ、ほら前、詰めるよ」

また一組、支払いが済んだのだろう。左近司さんが私の手を引き前へと進む。されるがままの私は全身の力が抜け、放心状態になっていた。

整理だ。今までの情報をまとめてそれぞれの確度を整理しよう。

七哉くんと左近司さんが急に仲良くなった、確定。左近司さんが七哉くんになにかを相談している、未確定。左近司さんは七哉くんを気に入っている、確定。というか好きだ、確定。左近司さんが七哉くんにしている相談の内容、不明。

本当か？　本当に不明で片付けるのか透花？　本心にしっかり問いてみろ。しらを切るというならもっとわかりやすく出題してやろうか上條透花。

イケイケギャルの左近司琵琶子さんが、最近急激に仲を深め、しかも好きになった男子に相談している内容とは？　このとき相談という事象は未確定であるが、それに近い会談はしていることとする。さあ、答えよ上條透花！

ふふふ、得意げに出題しているようだけど、一つ見落としていることがあるわよ、もう一人の私。

七哉くんの憧れの人が左近司さんである。

未確定！

そうよ！　未確定よ！　未確定なんだから！

私のことなんか放って左近司さんのことばかり気にしている七哉くんが、タイムリープしてまで十一年も一途な好意を寄せている憧れの女性は誰であるか⁉　その答えが左近司さんだなんて、まだ決まってないんだから‼

そうよね、もう一人の私⁉

「ねえ、もう順番来たんだケド？　買わないの？」

「え⁉　ああ、うん、買う！」

さっきまで、列の後半にいたと思っていたら、いつの間にか先頭に立っていた。どれだけ私は一人で考え込んでいたの？　自分が怖い。とにかく一度このことを考えるのはやめよう。

「お、若いお嬢ちゃんが珍しいね。サービスして薬味ダブルで入れてあげよう」

「上條透花、ダブルってなに？」

「混ぜる薬味を多めにしてくれるってことよ。ありがとうございます、おじさん。じゃあ中辛二つください」

「あいよ！」

カンカンと持っていたお玉を大きなボウルのふちに当てて音を奏《かな》でる屋台のおじさん。その前には数々の薬味がバットに入って横一直線で並べられている。そこからお玉で手際《てぎわ》よく薬味をすくい、一つ一つの効能を説明しながらリズムよくボウルへと注《そそ》いでいく。

「なんか歌聞いてるみたいで面白《おもしろ》いんだケド」

「そうでしょ？　売り口上《こうじょう》っていうのよ。これも一つの楽しみね」

ボウルに入った薬味が見事に絡《から》まり、混ざり、綺麗な紅葉色《もみじいろ》を作った。それを七味と書かれた大入袋《おおいりぶくろ》のような手のひらサイズの紙袋に詰め、一つ一つビニール袋へ分けてくれた。

「あいよ二つで二千円ね」

「はい。ありがとうございます」

私は千円札を二枚用意し、おじさんへ渡す。

「まいど。じゃあ、これがお嬢ちゃんの分で、こっちが金髪のお嬢ちゃんの分ね」

「いやビワは買ってないから、二つともこっちの子のなんだケド」

「あ、それもともと左近司さんに買ったものだからもらっちゃって」

「え？」

「一緒に並んでくれたお礼。まあ、もし七味が苦手だったらおばあさまかご両親にあげてちょうだい」

「ううん、ビワが食べる！　あ、ありがとう！」

「ど、どういたしまして」

こんなに喜んでもらえるとは思っていなかった。七味唐辛子好きなのだろうか。それなら先に言ってもらえれば、好みの調合で注文したのに。

喜ぶ姿はやはり女子高生そのものだ。

七味の入ったビニール袋を持って、元いたチョコバナナのお店の方へ戻ろうとした矢先、左近司さんの携帯が鳴った。

「あ、七のすけからだ」

「え⁉」

「多分、起きて焦《あせ》ってんだ、ウケる。はい、七のすけ？　起きた？　もう、アンタってやつは……なに、周りがうるさくてよく聞こえない？　めんどくさいやつだな」

ジェスチャーで私に詫《わ》びを入れて、左近司さんは人混みの少ないほうへと離れていった。

え、なに今のカップルみたいな感じ。

ていうか、私の電話は鳴ってないいんだけど？

起きて、私には電話しないで、一番最初に左近司さんへ……。

なんでよ……遅刻の報告は上長《じょうちょう》へって社会人の常識でしょ。

――惨《みじ》めね。いつまでも上司と部下の関係を理由に。そんなことだから、他の魅力ある女性に彼の心が傾《かたむ》くのよ。

結局、歴史を変えるなんて大スペクタクル物語、私には縁のない話だった。

誰かの心を動かすなんて、そう簡単にできるものじゃない。そんなこと考えればすぐわかることだったのだ。憧れの人への気持ちは変えられない。

十一年も思い続ける、強い気持ちなのだから。

――それは一番、私が理解している。

辺りはゆっくりと暗くなり始めていた。空は透き通り純美《じゅんび》な色を見せる。こんな夜は花火が映えそうだ。

いつの間にか電話は終わっていたらしく、左近司さんは屋台の陰で二人組の男性と談笑をしていた。

ああ、遠目ですぐには気付かなかったが、よく見れば昨日バーベキュー場で知り合った二人だ。

そのうちの一人がパッと左近司さんの腕をつかんだ。その様子から少し強引《ごういん》さが見て取れたが、左近司さんは引き続き笑顔なので大丈夫だろう。

いわゆるあれが遊び慣れしている人たちのコミュニケーションということだ。モテる女性は違うな。

私が知っている世界とは違う。

ずっと己《おのれ》を律して、一人で生きてきた私が知っている世界とは。

私は一人で歩き出した。

いつもと同じように一人で。

私はなにをやっているのだろう――――。

こんなところで私は――――。


「やめなさい」


なにをやっているのだ。

男たちの前に立ち、私は彼らを強い眼差《まなざ》しで見た。そして、左近司さんの手を取った。

「あれ透花ちゃんじゃん。ほら、俺たち昨日の、平井《ひらい》と飯島《いいじま》だよ。どうしたのそんな怖い顔して。あ、もしかしてなにか勘違いしてる?」

「そうだよ透花ちゃん、俺たちただ琵琶子ちゃんと一緒に花火見に行こうって誘ってただけ。透花ちゃんも一緒に行こうよ。人が来ない穴場知ってるんだ」

「どうしてそんな穴場を知ってるんですか? 確か地元じゃなくて旅行で来てると言ってま

したよね？」

「え、ああ、それは、あれだよ。屋台のおじさんに聞いたんだよ。な、飯島」

「そうそう」

男は左近司さんから手を離し、動揺した様子を見せる。

「行きましょう左近司さん」

その隙《すき》を見て、私は素早く左近司さんの手を握り彼らに背を向け歩き出した。

「ちょ、ちょっと上條透花……？」

戸惑っているような声を出しながら彼女も私に引かれその場を離れる。

「嫌なら嫌って言わなきゃダメよ」

「え？」

「怖いなら、ちゃんと怖いって言わなきゃダメ」

「………うん」

本当に私はなにをやっていたのだろう。

つまらない嫉妬で自己防衛に走り、見て見ぬふりをしようとした。

情けない。

なにが彼女は笑顔だから大丈夫よ。

誰がどう見たって不安に押しつぶされそうな作り笑いだったじゃない。

なにが遊び慣れした人たちのコミュニケーションよ。

彼女はまだ高校生の子供よ。

なにが私の知らない世界よ。

私なんかより、もっともっと知らない世界だらけの子供を守るのが、大人の役目でしょうが！

いつから私はそんな情けない大人になったのだ。

「ちょっと待ってよ透花ちゃーん、なに怒ってるのさー。俺たち別に下心とかないよ？」

男たちが追ってきた。

しらじらしい。

大人なら左近司さんが怖がっているのはわかっていただろうに。そりゃそうだ。仲間が大勢いる場とは違って、たった一人きりのときに、たかが昨日知り合ったばかりの成人男性に二人して詰め寄られたら、怖いに決まってる。それを強引に腕までつかんで。彼女なら軽そうだし大丈夫だとでも思ったのか。女子高生相手に、いい大人がやることじゃない。

「下心がないのなら、なぜ他のメンバーと合流することを提案しなかったのですか？　男子がいるとまずいことでもあるんですか？」

「いや、それは、あはは……」

「おい平井、もういいよ。面倒くせー。拉致《らち》っちまおうぜ」

一瞬理解ができないそのワードに私は血の気が引きながらも、すぐに左近司さんの手を引いて走り出した。

しまった。本当の意味で危ない人間だった。

「ちっ！ おい追うぞ！」

「あいよー」

急に変わった彼らの目つきからは、なにか娯楽《ごらく》を楽しむかのような色が見えた。

走りながら左近司さんが言う。

「思い出した。やっぱりあいつら去年の祭りにもいたんだケド。なんか女の子連れて騒いでた」

「はなから地元の人間だったってことね」

大方《おおかた》、毎年この祭りに来る観光客の女性を狙《ねら》ったナンパ師ってところか。

自分たちも旅行客だと装ったのはこちらの警戒心を薄めるためか。人間は初対面の相手とは共通点が多いほど親しみが増すといわれている。悪知恵が働くらしい。

しかし、地元の人間ならば地理を把握している分、やっかいだ。逆に私たちは会場が広すぎて警備員がどこに配置されているかすらわからない状態。

とりあえずは、どうにか人に紛《まぎ》れて彼らをまくしかない。

どこか隠れられる場所で一度落ち着いてから誰かへ連絡を取るか。

鬼吉くん…… いや、彼のそばには奈央ちゃんがいる。これ以上、子供たちを巻き込みたくない。

警察を呼んだとしてもこの人だかりで私たちを見つけ出すまでどれくらい時間がかかるか。

だとしたら……七哉くん。

いいえ、彼とはある約束をした。

選挙の日、七哉くんは奈央ちゃんを守るために、他クラスの男子に手を出してしまった。彼の強い正義感から起こした行動だとは理解している。けれど、二度と同じようなことはしてもらいたくない。七哉くんも私の言葉を受け入れて、もう誰かに暴力を振るうことはしないと誓ってくれたのだ。しかし、この状況を知ったらどうだろう。誰よりも仲間思いの彼が知ったら。

だから、やはり七哉くんも巻き込むわけにはいかない。

私は背後を警戒しながら思考を巡《めぐ》らせる。

人混みを縫うように走っていると屋台の途切れ目が見え、大きな駐車場が現れた。その奥には一般道へつながる階段だ。祭り会場は一般道と、そこから一段下がった湖のほとりとで二層に分かれている。メイン会場は私たちがいる下の会場なので、一般道に出ると人は少なくなるが、

「こっち！」

あえて私は左近司さんに声をかけ階段を上った。

「はあはあ……」

一般道へ出たところで左近司さんが膝《ひざ》に手を置いて息を切らしていた。さすがにこの人混みの中を浴衣姿で走るのは、かなり体力を消耗する。私の肩も自然と上下していた。

「左近司さん、大丈夫？」

「うん……。ゲ、あいつらまだ追っかけてくるんだケド」

階段の上から駐車場を見下ろすと二人の影が確認できる。向こうも下手に逃がすとやっかいだと思ったのだろう。でなければ、よっぽどの女好きか。どちらにしてもヤケクソになっている人間ほど恐ろしいものはない。少ししんどいが……、

「左近司さん、まだ走れる？」

「うん……！」

「隠れられるところ知ってるから付いてきて」

「わかった！」

私たちは己の体にムチ打ち、再び足を動かした。

下の会場は地面が土だったが、アスファルトの一般道はさきほどよりも足にかかる負担が大きい。明日は筋肉痛だろう。けれど筋肉痛になろうと、隣にいる子が安心して明日を迎えられるよう、できる限りを尽くさなければ。

向かったのは見覚えのある山道。アスファルトが途絶えたこの道まではさすがに屋台も開いておらず、人の気配はない。そして、そこに伸びているのは昨夜訪れたばかりの石段だ。

「ここ上るワケ……?」

不満そうに顔をしかめる左近司さん。

ここへ来るまでの間、男たちはこちらの姿を見失ったようで付けられてはいない。これ以上逃げ回るのも体力的に厳しいものがある。相手は成人の男性だ。スタミナの差で追い詰められる前に身を隠しておきたい。

私は無言で彼女の手を握り、石段を上った。

◆

「こんなところあったんだ。知らなかった」

「あら、そうなの？　あなたのおばあさまから教えてもらったのよ」

小さな祠《ほこら》の裏で、私と左近司さんは静かに身を潜《ひそ》めていた。祠を支えている石の土台に腰をかけ、私は隣に座っている左近司さんに答えた。

「なんでこんな場所？　ただの古い神社じゃん」

「この奥に行くとね、開けた場所があって、そこから湖がよく見えるの。花火も綺麗に見られる穴場スポットなんだって」

私は目の前に広がる雑木林を指さして言った。

「おばあちゃん、そんなとこ知ってたんだ。ロマンチストでウケるんだケド」

「おじいさまとの思い出の場所らしいわよ」

「ふーん、あの祭り嫌いのおじいちゃんがねえ。…………てかさ、お祭り、来てくれてありがとね」

　意外な言葉に私は少しだけ虚《きょ》を突《つ》かれた。

「……どういたしまして。どうしたの急に」

「いやさ、ビワ毎年このお祭りおばあちゃんと来てたんだケド、やっぱ有名だけあって人多いじゃん？　年々おばあちゃんも疲れてる様子が見えてきててさ。元気そうに見えてもやっぱり無理して付き合ってくれてんだろーなって思ってたワケ。かといっておじいちゃんはあの頑固《がんこ》さでしょ？　だから今年は一緒に来てくれる人がいて嬉しかったワケ」

「そっか……。よかったわ喜んでもらえて」

　どうも、この子は人のことをしっかりと観察しているらしい。そして気遣いのできる思いやりのある子だ。

　左近司さんならば、七哉くんと上手《うま》くやれるだろう。

「この状況が落ち着いたら、奥の広場で七哉くんと花火を見たらいいわ。二人のいい思い出になると思うから。花火が始まるまでにあの男たちが諦《あきら》めてくれればいいけど」

「ウケる。なんで七のすけと二人で見ないといけないワケ。彼女じゃないんだから」

「え？」

「え、なに？　なんかビワ変なこと言った？」

「だって、七哉くんのこと好きなんでしょ？　ああ、もしかしてまだ正式にお付き合いの言葉はかわしてないってこと？」

「ん？　いやいや、好きって、友達としてってことなんだケド」

「ええ!?　そうなの!?」

「ちょっ、声デカくない!?」

慌《あわ》てて彼女が私の口を押さえる。

「ご、ごめんなさい。ちょっと私、勘違いしていたらしくて……。で、でも最近やけに親しくしてたじゃない」

「それは……」

「それは？」

左近司さんは急に顔を赤らめ始めた。

「相談してたの」

やはり……。奈央ちゃんの見解が正しかった。さすが七哉くんの幼馴染《おさななじ》み。しかし、重要なのはその内容。いったいどんな相談を――。

「その、相談の内容は教えてもらえないの？」

そうよね。人の悩みを無神経に探ろうだなんて、いいことではない。

「ごめんなさい。変なこと言ってしまって」

「…………」

「………な、仲良くなりたいの」

「……？　七哉くんと？　十分仲がいいと思うわよ？」

「違う！　上條透花……ううん、透花ちゃんと仲良くなりたいワケ！」

「私!?」

あまりに予想外の返答に私は自分の耳を疑った。疑ったというか多分聞き間違いだろう。

もう一度、ちゃんと聞こう。

「私と……仲良くなりたいの？」

「うん！」

すごい潤《うる》んだ瞳《ひとみ》で見つめられた。顔は真っ赤《まっか》だ。なにこれかわいい。

って、興奮している場合じゃない。

いやいや、おかしいだろ。あんな敵意むきだしの態度を散々しておいて。

だいたい……。

「あなた私が嫌いじゃなかったの？」

「あ、あの……透花ちゃんの前だといつも緊張しちゃって、あんな態度に」

「ツンデレかよ！」

「ごめんてば！」

え、じゃあ私と仲良くなるためにずっと七哉くんに相談していたというわけ？　いや、つじつまが合ってしまう。それなら彼が執拗《しつよう》に相談内容を私に漏《も》らさなかった意味もわかってしまう。ピースがつながりたった一つの真実見抜いてしまう。ああ、探偵業再開だわ。

だけど納得いかない。

納得いかないことが一つある。

「あなた、だって、あのとき！」

「あのとき？」

「小学校のときよ！　大きな上級生の男子に突き飛ばされて、私が手を差し出して、それで転校してきたばかりの私は友達もいなかったから、あなたに言ったじゃない！」

「え！　小学校一緒だったこと覚えてるワケ⁉」

覚えている。覚えているに決まっている。忘れもしない。

「あたりまえじゃない！　むしろあなたが忘れてない⁉　私あのとき勇気を振り絞《しぼ》って言ったのよ、お友達になりましょうって！　そしたらあなたなんて言ったと思う⁉」

「……そ、そうだっけ？」

「やっぱり忘れている！　あなたね、アンタみたいな怖い女と誰が友達になるかって！

そう言ったのよ⁉　それがトラウマであなたと高校で再会したあともずっとあなたのこと苦手だったんだから！」

「あ、あー、そうだったの……ご、ごめんなんだケド」

「まさか、あれもツンデレって言うんじゃないでしょうね」

「覚えてないケド……間違いなく、そうだと思う。だって私が透花ちゃんに憧れたのそのときだから。多分あまりに透花ちゃんがカッコよくてテンパってたんだと思う」

「もう……、そ、そんなかっこいいだなんて褒《ほ》めちぎったって今さらなんだから」

今までの私の気苦労はなんだったのだろう。彼女にとっては七年か八年そこらの話だけれど、こっちは二十年経ってるんだぞ、まったく。

「でもね、ビワは七のすけにいろいろと協力してもらって、七のすけすごい真剣に考えてくれて、なのにビワはいつも空回《から》りで、このままじゃダメだと思って、それで七のすけのためにも頑張らなきゃって思ったの」

左近司さんは改めて私をまっすぐに見た。

「透花ちゃん、小学校のとき助けてくれてありがとう。さっきもビワが困ってるの気付いてくれて嬉しかった。すごい……カッコよかった。だから……ビワと――――友達になってほしいんだケド！」

力強い眼差しで。

こんなかわいい女子に口説《くど》かれたら私はこう答えるしかないだろう。

「もちろんよ、左近司さん」

初めて彼女に向けて心の底から笑顔を見せられた気がする。

人間というのはどうしてこうも、すれ違ってしまうものなのか。

「できれば、琵琶子って呼んでほしいんだケド」

「じゃあ、私も透花でいいわ。私たち同級生だしね琵琶子」

「うん、透花！」

でも、そのすれ違いこそ私たちが人間である証《あかし》であり、悩み、傷付きながら成長していくのだ。

「それにしてもおばあちゃんから花火の穴場スポットを聞き出すなんて、もしかして透花……」

「え⁉」

やばい私が七哉くんを好きなことがバレたか！　思い返してみれば言い訳もできないほど私は琵琶子にヒントを与えてしまっている。彼女は頭がキレる。さすがに……。

「けっこう乙女《おとめ》？」

「セーフ！　いやセーフじゃないわよ！　誰が乙女よ！」

「え、違うワケ？」

「違うわよ！　ロマンチストって言ってちょうだい！」

「乙女とロマンチストって一緒だと思うんだケド」

「そもそもあなたのおばあさまが知っていたのだから、あなたもそのロマンチストの血を受け継いでいるのよ」

「きゃははは、確かにー。透花あったまいーんだケド」

あ、ダメだこの子、奈央ちゃんと同じ匂《にお》いがする。討論《とうろん》になったら勝てないタイプだ。

私が勝手に自爆してボコボコにされるパターンの未来が見えるやつだ。

「でもさー、おばあちゃんはわかるんだケド、おじいちゃんも思い出の場所にしてるってのがマジで想像つかないんだケド」

「そう？　口下手で頑固な方だからこそ、一年に一回の日だけは大切にしてたんじゃないかしら」

「なにそれ七夕《たなばた》みたいでウケる。なんかそう思うとおじいちゃんかわいいんだケド」

「そうね……おじいさまはおばあさまにとっての彦星《ひこぼし》様なのかもね」

私は空を見上げた。

昨日と変わらずアルタイルの星は煌々《こうこう》と私たちを照らしている。

「透花もいつか彦星様みたいな人とこの奥で花火が見れたらいいじゃんね」

「うん。でも私は彦星様みたいな人はちょっとやだなー」

「あれ乙女なのに？」

「乙女言うな」

確かに、彦星様を一年の間ずっと待ちこがれる織姫《おりひめ》様もロマンチックで素敵だと思う。距離や時間の壁があっても思い続ける二人には真実の愛があるのかもしれない。

「だけど……だけど私はやっぱり、好きな人とはいつでも隣にいたいな。そばにいてほしいときすぐにかけつけてきてくれる……私は彦星様より、そんな私だけの王子様がいいな」

割と力説したつもりが、三秒ほど返事がないので私は横を見てみた。

琵琶子が顔を真っ赤にしていた。

「ア、アンタよくそんなこっぱずかしいこと言えるね。王子様って……」

「え、女の子ならみんな憧れるでしょ？　王子様」

「うん、小学生までは」

「小学生まで⁉」

「さすがにアンタ高校生なんだよ？」

本当は高校生を通りこして成人ですけど！　ダメなの⁉

「透花めちゃくちゃ美人なのに彼氏いない理由わかったんだケド。今どきそんな古風で清純な男いるワケないでしょ」

今どき⁉　その今どきから十一年も経った未来ですらまだ私そんなこと思ってたけど！

「あのね、透花。王子様ってのはおとぎ話の住人なの。現実には存在しないってワケ」

「いるもん！　王子様いるもん！」

「ここは日本なんだケド？　そもそも王子って位がないんだケド。皇太子なんだケド」

「ロジハラ！　そういうのロジハラって言うんだよ！」

「ロジハラ……？」

「これからの日本はいろんなハラスメントが問題視されるようになるんだからね！　今のうちから気を付けていたほうがいいわよ琵琶子！」

「ウケる。ちょっとなに言ってるかわからないんだケド」

くそう……このギャルめ。下手に賢いもんだから普通に正論言ってきやがる。なにかいい反論はないものだろうか……と、頭を抱えていると、祠の反対側、表の石段からジャリッと小石を蹴るような物音が聞こえた。

私はすぐに琵琶子に目配せし口をつぐむ。彼女も状況を把握したようで、こくりと頷《うなず》いた。

音は次第に大きくなりそれが空耳でなく、誰かの足音であると確信させる。

私は寸分《すんぶん》だけ、助けが来たのではと希望を抱いてみるも、見事に砕かれる。

「ちっ……どこ行きやがったあの女ども」

地元の人間ならばこの場所を知っているかもしれないという可能性は危惧《きぐ》していたが、残念ながらいらぬ的中をしてしまったようだ。

足音の間隔と声を聴く限り、やってきたのは一人だけらしい。どちらの男だなんてことは知る必要もない。

暗がりの神社。祠の奥は光もなく視界の意識からは外れているはずだ。音を出さずにジッとしていればやりすごせるかもしれない。

一秒、二秒……心臓の脈と重なり時間がまどろこしく流れる。

「さすがにこんなところにはいねーか」

男の声が小さく聞こえた。

よかった……気付かれなかったか——そう安堵《あんど》した瞬間。

浴衣の懐《ふところ》に入れていたスマートフォンが震え大きな着信音が流れる。

しまった——。音を切り忘れていた。

私はすぐにスマートフォンを確認し、通話ボタンを押す。

兄からだ。こんなときに……！

しかし、このまま切ってもまたすぐかけ直してくるかもしれない。

『透花かい？　旅行から帰ってくるのは明日の何時くらいだっけ？』

「お兄ちゃん今それどころじゃないの！　また連絡するから、かけ直さないでね。絶対！」

小声でそうとだけ伝え通話を切る。そのまま消音設定へと変更し私はすぐにスマホを懐に戻した。

男が階段を下り始めていたならギリギリ気付かれていないかもしれない。

もちろん、そんな都合のいい話あるわけもなく、

「みーつけたっ」

「琵琶子そっち！」

間髪入れずに私は琵琶子の肩を叩き、男が現れた反対の方向へ走り出す。

グルリと祠を迂回《うかい》して石段のある表側へ出る。その背後を男が追ってきた。

「透花どうする⁉」

「しかたない、階段下りましょう！」

そう言って石段の方へ向かおうとしたが、すぐに足が止まってしまった。

階段の陰からサングラスがのった短髪の頭部が見えたからだ。

「よう平井、お待たせー」

挟《はさ》まれた。

私は琵琶子だけはと彼女の前に立ち、じりじりと後退する。しかし祠の裏側からはボブカットの男、平井が距離を詰めてきていたので、必然と祠を背に逃げ場を失う。

「透花ちゃんも琵琶子ちゃんも手をわずらわせないでよー。昨日あんなに仲良くしてたじゃーん」

「あのときはまだ、こんなに下衆《げす》な男たちだと思っていなかったからね」

私は精一杯の悪態《あくたい》をつく。できるだけ私にヘイトをためて琵琶子が逃げれる隙を作りたい。

「ほら、だから高校生はやめよーぜって言ったんだよ。まだガキだから遊び慣れてるバカな女と違って警戒心つえーんだって」

「まあそうだけどよ、見ろよこの二人。とびきり上等な女な上、ピッチピッチの肌、二十代じゃ味わえないぜ。それにこうやって反抗してくる世間知らずのガキ黙らすほうが興奮してそそらね？」

「確かに」

人気《ひとけ》のないところに来たのが裏目に出たか、あとに引けない男たちのタガが外れてしまっている。

「おまえどっちがいいのよ」

「とかいっておまえは黒髪のほうって決めてんだろ？　Sっ気あるきつめの女好きだもんなーおまえ」

到底大人がする会話とは思えない。虫唾《むしず》が走る。けれど、これが現実。人の痛みがわからない利己的な人間とはいつの時代も一定数いるものなのだ。

ここまで追い詰めたらと余裕のつもりだろう。彼らは焦るそぶりも見せずゆっくりと私たちに近づいてきた。

背中で怯《おび》えているのを感じる。その柔弱《にゅうじゃく》な少女の様子に、目の前の男たちへの怒りが抑えられなくなりそうだ。だが、冷静さを欠くのが一番の悪手である。

階段へ通じる道には飯島が立ちふさがっている。その少し右側に平井。

左のルートならギリギリ逃げることは可能そうだ。中央にいる飯島の反応を少しでも遅らせることができれば……。

私は琵琶子の手を握り男たちの動向から目を離さないまま言った。

「琵琶子……私が合図したら走って。そのまま階段を下りるの」

「え?」

「いい? 躊躇《ちゅうちょ》せずにね」

「う、うん……」

飯島が平井よりも一歩分、前へと身をのり出した。その瞬間、私は持っていたビニール袋へもう片方の手を突っ込み素早く紙袋の封を開ける。そして、力いっぱい七味唐辛子を握り、そのまま飯島の目元をめがけて投げ放った。

「……っ! いってえ! くそっ、なんだこれ! ぐああっいってー!」

「今よ! 琵琶子走って!」

私たちは階段に向かって走り出す。それを右側にいた平井が追いかけようとした。私はすかさず平井の顔面にも七味唐辛子の散弾銃をおみまいしてやる。

「うぐっ! くそ、目が!」

階段に差しかかったところで私は階段を背に足を止めた。

「琵琶子下りて！」

「透花は⁉」

「いいから行って！」

「でも！」

「行きなさい‼」

まるで聞き分けの悪い部下を叱《しか》るように私は声を張り上げた。

琵琶子は唇を嚙《か》み、下を向いて階段を駆け下りた。

「てめえ……」

先に視界が復帰したであろう飯島が真っ赤にした目で私を睨《にら》む。

これだけヘイトを稼いだならもう琵琶子は逃げきれるだろう。

さて、七味唐辛子は手に触れる感触から察《さっ》するに、残り半分といったところか。できれば食べる分を取っておきたい。

が、相手を侮《あなど》っていた。思ったよりも長い脚のリーチで、ビニール袋ごと七味唐辛子を蹴りはらわれる。階段を数段ほど滑《すべ》り落ちた袋の中から赤茶色い粉が散漫した。

そうしている間に平井の方も痛みが治まってきたのか階段の奥を見て動こうとする。しかしそれを飯島が制止した。

「いい！ あの金髪は放っておけ。こいつ一人をめちゃくちゃにしてやろうぜ」

おおよそ、人間と呼べる形相《ぎょうそう》ではなかった。

さて、どうしたものか。

時間稼ぎができればと思っていたが、七味唐辛子を失ったときのケースは考えていなかった。今からでも逃げるか……いや、このまま階段を下りたとしてもすぐにつかまるだろう。というかすでに足が限界だった。蓄積《ちくせき》されていた疲労が岩のように重くのしかかっている。

まあ、でも目的は果たしたのだからよしとしよう。

彼女と違って私は大人だ。

なにをされようと、あとから法的手段を取ってやれる。

念のためにスマホのレコーダーを起動させて録音を始めようか。

そんな暇ないか……。

ゾンビのような動きで二人の男性が私を囲み、一歩、また一歩と近づく。

こんな下世話な男たち、私が今までぶち当たってきた壁に比べたら屁《へ》でもない。

社会に出てから幾度《いくど》だってつらい思いはしてきた。

理不尽なことがあっても頭を下げ、仕事のためにプライベートだって捧《ささ》げた。

部下の失敗もすべて己の未熟さと受け止め、責任をかぶってきた。その行いに悔《く》いはない。

なぜなら、そうした分、彼らは私にしっかりと返してくれるから。成長という形にして返事をくれるから。

――労《ねぎら》いの笑顔をくれるから。
ああ、なんでだろう。
なんであの笑顔が頭に浮かぶのだろう。
屈託《くったく》のない、純粋で、それでいて優しい彼の笑顔が。
大丈夫。
別に少しくらい手を出されたって気にしない。
少しくらい傷を付けられたってどうってことない。
私を誰だと思っているの。
完全無欠の上條課長よ。
守るべきものを守れたなら怖いものなんてないんだから。
だから……。

怖い――。怖いよ……。
助けて――七哉くん――。

「課長!!」
背後から私の肩に温かい手が触れた。そして大きな背中が私の視界を埋め尽くした。

幾度と見てきた背中。いつも頼りなくて、ドジばかりで、それでも一生懸命な、見慣れた背中。そばにいてほしいとき、いつでもすぐにかけつけてくれるその背中。

そして、言うのだ。あのときと同じように——。

「無事でよかった」

私のたった一人の王子様が——。

第６章　部下と上司の夏の思い出

俺《おれ》が目を覚ましたのは十八時をすぎたころだ。夕方の朱色に染まった障子戸《しょうじど》を見ながら、俺は呆然《ぼうぜん》としていた。

ああ、終わった。

みんなで祭りに行く約束の時間はとうにすぎている。いったい俺は何時間寝ていたのだろうと振り返るも、案外八時間そこら。要は寝たのが午前十時頃《ごろ》。明け方通りこして、午前も終わりかけにようやく脳が緊張より睡魔を優先したのだ。

一人取り残された寂《さび》しげな和室でしばらくボーっとし、俺は布団《ふとん》をたたんだ。

そして携帯を見つめる。

ああ、こんな気分いつぶりだろうか。

朝目覚めて時計を見たら始業十分前だったときの恐怖。まったく同じ感覚を覚えながら、手が震え出す。

ダメだ……課長には電話できない。

怖すぎる。こ、ここはいったん顔でも洗って気持ちを落ち着かせるか。

　そう思い、部屋を出て洗面所に向かうと、廊下でばったりと琵琶子《びわこ》先輩のおばあさんに会う。

「おや、七《なな》のすけ殿お目覚めですか。ゆうべはよほどハッスルしたのですかねえ」

「してません！」

「おやおや、むふふ、そういうことにしておきましょうか。みなさまはもう祭りへ出かけましたが、今から行けば花火大会には間に合いますよ」

「はい、ありがとうございます」

　おばあさんに挨拶《あいさつ》をしたのち顔を洗い、そのまま洗面所で改めて携帯を開く。

　うん、やっぱり課長には無理だ。申し訳ないが俺は逃げる。なぜなら今の俺は会社員じゃなくて高校生だからだ。なにも寝坊の報告をわざわざ上條透花《かみじょうとうか》先輩にする必要はないのだ。ただの先輩なのだから。

　ということで、誰《だれ》に電話しようかと考えて思いついた適任は琵琶子先輩。

　洗面所の小さなガラス戸から差し込む夕日も弱くなってきているので、俺はさっさと電話をすることにした。

　まあ、案の定、琵琶子先輩は怒っている様子もなくウケるウケる言いながら、今いるおおよその場所を教えてくれたので、俺は支度《したく》をして家を出た。

　昨日の夜に課長と散歩したおかげで、家を出たあともどちらの方向へ歩いていけばいいか明確だ。

会場に着くとすっかり暗くなり、花火大会に備えてか人もごった返しの状態だった。確か琵琶子先輩は一般道で開かれている屋台ではなくて、階段を下りたメイン会場の七味唐辛子《しちみとうがらし》の屋台にいると言っていたな。なんでまた七味唐辛子なんかと思うも、ああ、課長かとすぐに納得する。俺は湖を見下ろしながら階段を下り、並んだ屋台を左右に見ながら七味唐辛子の文字を探した。

「あ、あった」

意外に人気なのか長蛇《ちょうだ》の列を作っている。

さすがに時間もかなり経《た》っているし並んではいないだろうが。

「おかしいな。待っててくれるって言ってたのに、どこにも見当たらないぞ」

しょうがない、もう一度電話してみるかと携帯を取り出したところで着信音が鳴る。あまりにちょうどのタイミングだったので俺は少しビクりとしながらも折りたたみのガラケーを開いた。

「唯人《ゆいと》さん……？」

唯人さんから俺に電話をよこすだなんて珍しい。

俺はそのまま通話ボタンを押す。

「はい、下野《しもの》です」

『下野くん、急にすまないね』

「いえ、どうしたんですか?」

『もしかしたら緊急事態かもしれないから簡潔に話を進めるよ。君は確か、今、透花と一緒のはずだよね?』

透花……? 透花って課長だよな。なぜ唯人さんが課長のことを?

「あ、あの透花って上條透花さんのことで間違いないですか?」

『ああ、そうだ。上條透花。近くにいないかい?』

「いません。今日祭りに来てるんですけど、俺だけ寝坊して今一人なんです」

『そうか……下野くん、冷静に聞いてくれ。恐らく透花は今誰かに追われている。さっき連絡をしてみたんだが、そのときの様子がおかしかった。声のトーンや息づかいから予想するに、なにかトラブルに巻き込まれているに違いない』

「え⁉ 課長が⁉」

『課長?』

「あ、いえ、あのその透花さんのあだ名で。それよりどういうことですか唯人さん」

唯人さんはいつになく真剣な声色《こわいろ》で答える。

『僕にも状況はわからないよ。だから唯一つながりがある君に連絡を取ったんだ。しかし、そうか一緒じゃないか。すまないが下野くん、透花と合流してくれないか。頼れるのは君しかいないんだ』

「もちろんです！　課長がピンチならすぐに行きます。だけどさっきも言った通り、俺、寝坊しちゃって居場所の見当もつかないんです」

『それなら大丈夫だ。透花の持っているスマートフォンのGPSと連動しているアプリを僕のスマホに入れてある。君の今いる場所がわかる目安のものを教えてくれれば、そこから僕がナビゲーションをするよ』

「わ、わかりました！」

『それと他《ほか》の友人たちには連絡を取らないように。誰がどう絡《から》んでいるかわからない。電話を鳴らしたことによって不利な状況を作ってしまう可能性が高い。実際に僕が先ほどしてしまったみたいだが……とにかく、急いでほしい』

「はい！　だ、だけど……課長のGPS機能と連動してるって、あの唯人さんと課長は……」

『まあ、確かにこの状況で隠しているのはさすがにデメリットが大きいね。黙っていて悪かったが、僕は透花の兄だ。下野くん、妹を頼む！』

こうして、俺は思いもしないタイミングで驚愕《きょうがく》の事実を知りながら、それをのみ込む暇もなく、唯人さんの指示で課長を探すこととなった。

◆

優秀なナビゲーションにより俺はある場所へとたどり着く。見覚えのある石段。

『その神社に透花はいるはずだよ』

「はい、唯人さん。多分、間違いはないと思います」

誰かに追われているとしたら、課長が知っている隠れ場所としてここを選んだのもうなずける。

『どんなトラブルが起こっているかわからない。いったん通話は切るから慎重に行ってくれ。君自身が怪我《けが》をすることがないように気を付けてほしい』

「ご心配ありがとうございます」

『礼を言うのはこっちだ。なにかあったらすぐ連絡をくれ。じゃあ、すまないがよろしく頼むよ下野くん』

「はい！」

俺は携帯をポケットに突っ込み石段を上る。

いったいなにがあったんだ課長。他のみんなは大丈夫なのか？　緊張が俺の身を包む。

すると、上から急ぎ足で階段を下りてくる女子の姿が見えた。

「琵琶子先輩……？」

「……っ！　七のすけ！」

彼女は俺の姿を確認するなり、大粒の涙を流して俺に抱き着いた。

「なにがあったんですか琵琶子先輩！」

「透花が！　透花が！」

「落ち着いてください。課長は今どんな状況なんですか？　鬼吉《おにきち》と奈央《なお》は？」

俺が優しく肩を持つと、幾分か落ち着いたのか、琵琶子先輩が拙《つたな》い言葉で事情を説明してくれた。

「あの……昨日の二人が……？」

「七のすけ、早く行って透花を助けてあげて！」

「わかりました。琵琶子先輩は鬼吉たちと連絡を取って合流してください。もし上にいる連中に万が一仲間がいたとしても鬼吉が一緒なら大丈夫です」

「わ、わかった！」

「課長は俺に任せてください。――――俺が絶対に守ってみせる」

「七のすけ……」

俺は頂上へ向かった。

◆

こんなに怒りを覚えたのは人生で初めてかもしれない。

石段を上りきった小さな神社の境内《けいだい》。

課長の前に立ち、俺は二人の男を睨《にら》み付ける。

「まさかあんたたちがこんな大人だったなんて今でも信じられませんよ。平井《ひらい》さんに飯島《いいじま》さん」

「ああ、下野くんだっけ？　あっちの大きい男子が来なくてよかったよ。弱そうなほうで」

俺は奥歯をギリギリと嚙《か》む。

そして、課長を見た。

怖かったろうに。足元を見ればつま先もくるぶしも赤く擦《す》れている。動きにくい浴衣《ゆかた》姿《すがた》で必死に逃げていたのか。そしてその浴衣の生地《きじ》越しでもわかるくらいに彼女の足は震えていた。

俺たちの背にはすぐ階段がある。逃げ道としてのルートはこちらが確保しているが、こんな状態の課長を逃がしたとしても、かえって危険になるだろう。ただでさえ相手は体格のいい男が二人。俺が打ちのめされたりしたら来る前と状況が一つも変わらない。だから今俺ができることは課長のそばにいること。そして……、

「平井さん、飯島さん。どうか、ここは勘弁してもらえないでしょうか」

頭を下げることだ。

恥も外聞《がいぶん》もなく頭を下げる。

プライドなんてどうでもいい。正義感なんてどうでもいい。

この人さえ守れればどうでもいい。

「下野くん、頭を上げなよ」

飯島のほうが俺の前へと来てトーンを一段階下げて言った。

俺は言われるがまま頭を上げる。

「ぐはっ！」

瞬間、飯島の拳《こぶし》が俺の右頬《ほお》へと飛んできた。

「七哉《ななや》くん！」

「だ、大丈夫です課長」

体勢は崩したものの、気を失うほどでもない。耐えられる。

「君って透花ちゃんの彼氏なのかな？　じゃあさ、ちゃんと教育しといてほしいんだよね。ほら、この目見てよ。この子、俺たちに向かってよくわかんない唐辛子みたいなの投げてきたんだよ？　酷《ひど》くない？」

「すみません」

「すみませんじゃなくてさ、わかるかな？　イラついてんだよ！」

もう一発。再度、飯島は俺を殴る。

「やめなさい！」

課長が前に出ようとするが、俺は腕を伸ばしそれを止める。

「大丈夫です課長。俺、最近、鍛《きた》えてるんで」

「七哉くん……」

口の中が切れたのだろう。鉄の味が広がる。

それでも立っている俺に隣で見ていた平井が怪訝《けげん》そうな顔で舌打ちし、俺の前まで来て髪をつかんだ。根元から引っ張られ俺の左まぶたが無様に吊《つ》り上《あ》がる。

「てか下野くんさー、なにしに来たの？　お姫様守りに来たんじゃないのー？　もしかしてビビっちゃったか。ケンカしたことないのかな」

「俺から手を出す気はないんで」

「ああっ⁉」

鈍い音を立てて俺の腹へ平井の膝《ひざ》が勢いよくめり込む。一瞬息が詰まるも、すんでで腹筋に力を込めたのでなんとかダメージを最小限に抑えられた。

「約束したから……暴力でなにかを解決するのはよくないって……教えてもらったから。だから俺は手を出さない」

「七哉くん、もしかしてこの間のこと……こんなときにこだわることじゃないでしょ！」

「いいえ、課長、こだわりますよ。こだわります。だって俺は大人なんです。ここで手を出したら……こいつらと同じになる。過ちを犯した二ヶ月前の俺と同じになる。そんな反省も成長もしない姿、上司に見せられません。俺はこいつらと違って、れっきとした大人だから！」

平井が俺の髪を離してイライラした表情を浮かべる。

「おまえ、見逃してほしいのか煽《あお》りたいのかどっちだよ？　ガキが大人ぶりたいのはわかるけどよ、大人の世界はそんな甘くないの。わかる、坊やあ！」

そして、先ほど膝を入れたところとまったく同じ場所を今度は拳で叩《たた》く。

「おえっ！」

さすがにいてえ。

あまりに苦しいもんだから情けなくも両膝に手をついてしまう。

が、倒れちゃいない。

「男のくせにつまんねーチキン野郎だな。怖くて手出せないだけだろ。頭下げる以外にやれることねーのかよ」

「ああ、まあ。俺の必殺技なんで。平謝り」

「あーそうかい！」

俺が上半身を再び起こした瞬間に顔面に思いっきりストレートパンチが入った。意識が飛びそうになる。なんとか歯を食いしばって意識を保ったが次は飯島の拳がこめかみに飛んできた。

「お望み通りサンドバッグにしてやるよ」

それでも俺はギリギリのところで踏ん張って、膝を地につけない。

「それで気が済むなら好きなだけ殴ってください。殴って気が済んで見逃してくれるってんならいくらでもサンドバッグになる。俺がどうなろうとどうだっていい。その代わり――」

俺は強く二人の男を睨み付けた。

そうだった。これを最初に言っておかなければならなかった。

でなければ、確かに俺がここへ来た意味もこいつらが理解できないのは当然か。

「その代わり、透花さんに指一本でも触れてみろ。そんときはおまえら、どこへ逃げようと、どこへ隠れようと、タイムリープでもなんでもして見つけ出して、ぶちのめしてやるから――覚悟しろ」

俺の言葉……眼圧に、二人の男は一瞬の間、押し黙る。

そして、なにかを払いのけるかのように二人同時に俺へと襲いかかった。

ああ、そろそろもう限界かもしれない。

これ以上殴られたら立っていられる自信がない。

でも俺は倒れないよ。

守りたい人がいるから。

この人だけは絶対に俺が守るから。

――だから、俺は倒れない!!

「おいおい、大事な孫娘に泣きべそかかせた不埒《ふらち》な野郎がいるっていうから、来てみたら……とんだバカな男がいるじゃねーか」

俺たちの背後。長く伸びた石段から、カランカランと甲高《かんだか》い下駄《げた》の音が響いた。

そして白髪の大柄な男が一人、ゆっくりと姿を見せる。

「坊主、それがおまえの言ってた正義ってやつか？　ずいぶんと難儀《なんぎ》な正義じゃねーか」

「く、熊治《くまじ》さん……」

「くだらん。結局こうしてボロボロになるだけよのう」

突如現れた白髪男性に、平井と飯島は戸惑《とまど》いを見せながらも、すぐに余裕の表情を浮かべ言う。

「おい、じーさん、今ちょっと取り込み中なんだ。邪魔だからどっか行ってろよ。痛い目見るぞ」

熊治さんはそんな男たちを一瞥《いちべつ》するなり、俺の頭にその大きな手のひらをのせ、低い声を出す。

「しかし、まあ、そこのどうしようもねー軟弱どもよりは、よっぽど漢気《おとこぎ》はある」

そして俺の目の前に出て仁王立《におうだ》ちする。

「坊主、おまえの守りたいやつが誰なのかも、したかったこともよくわかった。納得はしちゃいねーが、腰抜けと言ったことは訂正《ていせい》する。その詫《わ》びだ。あとは俺に任せな」

とても大きくて広い背中が俺に向かって言う。

熊治さんの言葉に平井がイラ立ちで地面を強く踏みながら、

「おい、あんまり舐《な》めた口きいてるとジジイでも容赦《ようしゃ》しねーぞ！」

しかし、熊治さんはその気迫に微動だにせず、けだるそうに口を開いた。

「俺は空手《からて》の道場を開いていてな。小さい子供たちにも教えている立場上、こんな軟弱どもに武道を使っちゃあ示しがつかねー。しかし、独学で護身術ってのをやっている。護身術ってのは身を守るためのもんだ。若者が年寄りをいじめようとしているわけだ。おまえの正義ってやつを尊重したとて、正当防衛なら構やしないだろ坊主？」

俺は熊治さんに答える。

「はい」

「そうかい」

熊治さんが言うなり右足を前に出す。そこへ平井が大ぶりで拳を叩き込もうと熊治さんの懐《ふところ》へ入った。

それは刹那《せつな》だった。

外野で見ていた俺ですらなにが起こったかわからないくらい、鮮やかに平井の体が宙に舞い、グルリと回転したまま地面に突っ伏した。

「がはっ……！　くぅ、ああ……」

地面との激しい衝突音とともに、苦痛の声を漏《も》らす平井。

気は失っていないようだが体が動かないのだろう、立ち上がることをしない。それどころか、表情は青ざめ、一瞬にして彼の脳へ本当に強い相手への恐怖が焼き込まれたに違いない。

その一部始終を見ていた相方は後退《あとずさ》りしていたが、興奮状態にある分アドレナリンの効果で恐怖の感覚が麻痺《まひ》しているのだろう、それでもなお、熊治さんを睨み付ける。

「どうした小童《こわっぱ》。おまえから来てくれにゃあ正当防衛にならん。さっさとかかってこい。この軟弱」

「このジジイがあああ！」

熊治さんの挑発にのり飯島が勢いよく地面を蹴《け》った。体格のいい男がさながら猪《いのしし》のように加速するその迫力は、彼の歪《ゆが》みきった形相《ぎょうそう》と相まって、名状しがたい恐怖心を煽る。

俺はそのいきさつを追う。

飯島が左手で間合いをはかり、一気に熊治さんへ詰め寄った。体をひねり、グンと右拳が熊治さんの顔面めがけて放たれる。しかし、その拳は熊治さんの頬をギリギリでかすめ空《くう》を

く体ごと背負う。

同時、熊治さんの野太い両の手が行き場のない飯島の右腕をガッとつかみ、そのまま素早く体ごと背負う。


「―――――ふんっっ！」

「くは……っ！」

見事な一本背負いだ。

地面に叩きつけられた衝撃で顔を歪ませる飯島を見て、熊治さんは一言。

「鍛錬《たんれん》が足りんな」

古い神社の境内に成人男性が二人も倒れている光景は異様だった。

男たちはうなるだけで、体を起こせずにいる。

「さて、見知りの駐在にこいつらを引き渡しに行くとするか」

そのまま熊治さんは、転がっている二人の男を軽々と担《かつ》ぎ上げ、肩と脇《わき》に抱えて歩き出した。

あっという間の出来事だった。

風のように去ろうとする熊治さんに俺は、力が抜けたまま声をかける。

「熊治さん、ありがとうございました」

「ふん」

俺のほうへは顔を向けることもなく、熊治さんはぶっきらぼうに鼻を鳴らした。

そして、石段に一歩目をかけたところで、ふと足を止め、

「坊主、よく耐えたな」

そうとだけ言い残して、その場をあとにした。

俺は緊張の糸が一気に途切れ、ヘナヘナとわかりやすく地に腰をつける。ああ、怖かったあ。男たちと熊治さんどっちが怖かったかって、それは言わずもがなだろう。

「七哉くん、病院！　病院行こう！」

すぐに駆けよってくれる課長の声は震えていて、その綺麗《きれい》な瞳《ひとみ》は今にも溢《あふ》れだしそうなほど涙がたまっている。

「大丈夫ですよ、鍛えてるんで」

「ふざけてる場合じゃないの！」

「すみません……。でも、俺、病院より先に行きたいところがあるんです。もう花火が始まるでしょう？　昨日行ったこの奥の穴場、一緒に行きませんか？」

「なにを、こんなときに……」

「こんなときだからです。こんな機会ないから……あんまり貯まらなかったですけど、恩ポイント還元したいんです」

「なによそれ……意味わからないわよ。だいたい、あなた自分の状態わかってる？　口からは血が出てるし、あんなに殴られて」

「課長」

俺は堰《せき》を切ったように流れ出す課長の言葉をあえて遮《さえぎ》り、彼女の目を見て言った。

「お願いです」

「で、でも……」

「じゃあ、線香花火の勝負、まだお願いごとしてませんでしたよね。ここで使います。上條透花さん——俺と一緒に花火を見てくれませんか」

彼女は下を向き、ギュッと小さな手を握った。そして、

「……ばか」

いつもみたいにかわいらしく、返事をくれた。

◆

湖が一番美しく見える広場の先端辺りで、腰をかけるのに丁度《ちょうど》いい平らな岩を見つけ、俺はポケットに入れていたハンカチを取り出した。それを岩の上に敷いて課長に向かって言う。

「どうぞ」

「あ、ありがとう」

課長は少し照れた様子で浴衣のすそを押さえながらそこへ座った。俺も隣に腰を下ろす。

「鬼吉に電話したら、琵琶子先輩と合流したみたいです。熊治さんも一緒で、琵琶子先輩もだいぶ落ち着いたようなので、こっちはゆっくり花火見てきて大丈夫だって」

「そう……よかった。おじいさまが一緒なら安心ね」

「それにしても、熊治さんが来てくれて助かりました。よく俺たちがここにいるってわかったなあ……」

「私が琵琶子におじいさまへ連絡するよう言っていたのよ」

「え？」

話を聞いてみると、課長は無策に神社へ隠れたのではなかったようだ。

すぐに連絡が取れ、なおかつ自分たちの居場所が正確に伝わる大人。その条件を満たすのが熊治さんだった。元はこの場所は熊治さんとおばあさんの思い出の場所だ。そこへ隠れていると伝えれば確実に合流できる。だからあえて人混みを離れ石段を上ったのだと。しかし、熊治さんが来るよりも早く、二人の男たちに見つかってしまったのは誤算だった。その結果、琵琶子先輩、そして俺に怖い思いをさせてしまい申し訳なかったと、逆に謝られてしまった。

怖い思いをしたのは自分だって一緒だろうに。

「あなたこそ、なんで私たちが神社にいるとわかったの」

「ああ、そうだ！」

「な、なに？」

「唯人さん！」

「え、お兄ちゃん？」

おっと、課長から紛《まぎ》れもなく、唯人さんと血縁関係である証言が取れてしまったぞ。お兄ちゃんだって？　ええ？　未来の恋愛メンタリストＹｕｉｔｏが課長のお兄ちゃんだって？

「ま、まあ話すと長くなりますし、そもそも俺自身がまだ心の整理ができてないのでこの話はやめましょう」

「なに⁉　どういうこと⁉　七哉くん、お兄ちゃんと知り合いなの⁉」

「はい、今の課長の心境がそっくりそのまま俺の心境です」

「言っている意味が全然わからないんだけれど」

なんてやり取りをしていると、ふいにヒューっと空気を切る音が湖の向こうから聞こえてきた。そして刹那の間、無音を作り、盛大な音とともにパッと夏の夜を彩《いろど》る花が咲いた。

真っ黒だった湖の水面に煌《きら》びやかな光が反射する。

俺と課長は同時にその光に照らされ、そして、その光に見惚《みほ》れた。

「綺麗……」

「そうですね……」

「ここね、琵琶子のおじいさまが、おばあさまにプロポーズした場所なんだって」

「え⁉　そうなんですか？」

「うん……だから、おじいさまにとって、大切な思い出の場所なんでしょうね」

「……素敵な思い出ですね」

俺は熊治さんのプロポーズ姿を想像しながら、花火の残り火を見つめた。

多分、俺が今まで見てきた花火で一番美しく印象に残る花火だろう。

それは情景が魅せるインパクトから来るものに違いない。

だが、それ以上に、隣に課長がいることが、なによりも俺の脳へ、心へ、かけがえのない思い出になろうと強く焼き付くのだと思う。

二つ目の花火が上がる。

二度目は色鮮やかに照らされた彼女の横顔を見ていた。

言葉にできないほど綺麗だった。

もちろん、花火より課長のほうが綺麗ですよだなんてキザなセリフは言えるわけもなく、俺はただただ、無言でその様子を眺めている傍観者《ぼうかんしゃ》となるだけだ。

「そういえば……」

急に課長が小さな唇を動かしたので、俺はドキっとしてすぐに目をそらす。

「は、はい」

「琵琶子とのこと、いろいろ動いてくれていたみたいね」

「ああ……はい。それはもう本当に大変で……琵琶子⁉　そういえばさっきもシレっと琵琶子とか呼んでた！　あ、琵琶子先輩も課長のこと透花って呼び捨てにしてた！」

「なに言ってるの？　琵琶子は前から私のこと呼び捨てじゃない」

「フルネームでね！　上條透花と透花とじゃ雲泥《うんでい》の差なのよ！　最下位とトップくらいの格差なのよ！」

「フルネームより課長のほうが最下位だと思うけど」

「ええ……」

「おかげさまでちゃんと仲良くなりましたよ」

「なに、琵琶子先輩もしかして仲良くなるついでにネタばらしもしちゃったの？　すごい複雑な気分なんですけど俺」

まあ、でも。ともあれ琵琶子先輩の望みが叶《かな》ったならば満足だ。やっぱり大変な仕事ほど、ゴールできたときの達成感は大きい。

「課長のお役にも立てて嬉《うれ》しいです」

「……？　私の役？」

「はい。課長は高校生に戻って一度目とは違う青春がしたいと言ってましたよね。俺わかったんです。課長は友達とすごす高校生活がしたいんだと気付いたんです。だから琵琶子先輩と仲良くなれれば結果的に課長の夢にも近付けるかなって」

「あ、あの……私がしたい青春てのは。…………ううん、そうね。そうかもしれない。琵琶子と友達になれて……奈央ちゃんや鬼吉くんとも仲良くなれて、私は一度目より、とても愉快で楽しい青春を送らせてもらってるわ。ありがとう、七哉くん」

「それは課長自身の力じゃないですか。俺は大したことしてません」

「謙虚《けんきょ》なのね」

「謙虚なほうが上司からの社内評価がいいって新人の頃に教えられたので」

「誰によ」

「中川《なかがわ》係長」

「……ったく」

何度目の花火だろうか。今度は連続で小さな花火が右へ左へと咲き乱れる。

その連続花火のラッシュが終わると、しばらく間が空《あ》き、山々は静寂《せいじゃく》に包まれた。

そして、ふと真剣な声色で課長が言った。

「あのね、七哉くん」

「……はい」

「本音を言うね……私、さっきすごく怖かったの」

その声は細く今にも壊れそうなガラスのようで、

「すごく怖かった」

俺はなんだか課長が消えてしまうんじゃないかという不安にかられ、思わずその手を握った。

「すみません怖い思いをさせて。もっと早く課長のもとへ来られていれば……いや、そもそも俺が寝坊なんかしたから、こんなことに」

「違う……！」

重ねた俺の手を、課長がもう一方の手で握り返す。

「違うよ！　七哉くんがたくさんぶたれて、たくさん傷付けられて！　このままだと、取り返しのつかないことになっちゃうんじゃないかって……！　七哉くんにもしものことがあったらって……それが、すごく怖かったの……っ！」

静まり返っていた夜空に、再び花火が上がった。

気付くと彼女は泣いていた。

「あんな無茶して……！　つまらない意地張って……！　本当に……。怖かったんだから……。怖かったんだからぁ……ううぅ……」

俺は空いている手で、すすり泣く課長の頭を撫《な》で、花火を見ながら言った。

「つまらない意地じゃないですよ。男の意地です。大切な人を守りたい男の意地です。俺は課長を誰よりも尊敬しているから。課長にはたくさん助けられて、誰よりも恩を感じているから。だから……たまには俺にも恩返しさせてください」

「うぅ……ばかあああ……」

課長は俺の肩に顔をうずめ小さな体を震わせた。

俺はそんな彼女を抱きしめたいと思った。
ただ、純粋に、抱きしめてあげたいと。
拒まれるかもしれない。
それが怖くないと言ったら嘘《うそ》になるだろう。
でも、それでいい。
それでいい。
怖くても、受け入れて、それでもなお、立ち向かいたいと自分で決めたことなら。
それは俺が本当にしたいと思うことだから。
震える小さな彼女に、俺の大好きな上條透花に。
――してあげたいと思ったことだから。
「透花さん、抱きしめてもいいですか？」
俺は課長の肩に優しく手を置き、濡《ぬ》れた瞳を見つめた。
彼女は一瞬、俺の目を見て、すぐに下を向いた。
「……………………ダメ」
そう、小さく言われた。
「そうですか……すみません、変なこと言って」
俺も小さく返した。

　すると、彼女は顔を上げ、

「こんなケガだらけの体、安静にしてなきゃダメに決まってるじゃない」

「…………課長」

「────抱きしめるのは私」

　そう言って彼女は優しく俺を抱きしめた。

「今日だけは……特別だからね」

　柔らかで温かいぬくもりが俺の全身を包み込んだ。

　最後の花火が上がる。

　彼女からは、ほのかにクチナシの香りがした。

「そういえば課長、浴衣……似合ってますよ」

「……もう、遅いよの、ばか」


　夏の香りだ。

エピローグ

Why is my strict boss melted by me?

気付けば夏休みもあっという間に終わり、新学期が始まろうとしていた。社会人だろうと学生だろうと、長期連休ってのはまるで新幹線のように超高速ですぎていき、俺《おれ》たちはまた各駅停車の鈍行列車にのるのである。

俺のことを散々と殴ってくれたあの二人がどうなったかというと、熊治《くまじ》さんに担《かつ》がれ駐在所へ連れてかれたまではいいが、実際に手を出されたのは俺だけなので、被害届を出すかどうか俺に判断がゆだねられることとなり、どうしたものかと考えたところで、やっぱりああいう大人は更生するべきだよなあと思い、俺は決断を下した。

結果的に被害届は出さなかった。その代わり、熊治さんが開いている空手《からて》道場では、武道を学ぶ勤勉な子供たちの中に、二人の大きな大きな男の子たちが新入りとして入り、毎日厳しい稽古《けいこ》を受けているらしい。

ちなみに、あのトラブルの最中、奈央《なお》と鬼吉《おにきち》がどうしていたのか気になってあとから聞いてみたら、普通に二人で祭りを楽しんでいたとのこと。まあ、なんとあの二人らしい。

そんな二人の背中が、ちょうど校門をくぐったところで目に入ったので、俺は駆け足で向かい、声をかけた。

「おーい、おはよー」

「おっ、七っち久しぶり！　ケガはもう大丈夫なのか？」

「ああ、おかげさまで。一応、病院にも行ったけど打撲《だぼく》程度で大したことなかったってさ」

「そりゃよかったぜ！　七っちが無事でテンションマックス！　マッドマックス！」

なんか新しい用語出してきたな。ワードチョイスが全体的に古いんだよなあ。

「七哉《ななや》ー、もし授業中また痛くなったらわたしのおっぱい揉《も》んでいいからなー？」

「授業中にいきなり席立っておまえのおっぱい揉みに行ったら先生が『おい、どうしたどうした？』ってなるだろ！」

「でも痛いならしょうがないよ」

「そもそもおまえのおっぱいに痛みを和《やわ》らげる効能がない！」

二学期になったところでこの友人たちの賑《にぎ》やかさは変わらないようだ。

ため息をつきながらも、つい笑みをこぼしてしまう俺もたいがいだがな。

三人並んで昇降口へと歩き出したところで、背後からとんでもない声量の言い合いが聞こえてきた。なにごとかと思い俺たちは振り返る。

「はあ⁉　絶対カーネルが真犯人なんだケド！　ラストのあの不敵《ふてき》な笑み見てなかったの⁉

ああいうのは裏のテーマがあるってワケ！」

「どうしてあなたはあの感動ストーリーをそう、うがった見方しかできないの⁉　純粋に見なさいよ！　カーネルさんの深い愛情からくる笑みでしょうが！」

「フッー墓場の前で笑う⁉　絶対アイツはヤッてるわ！　間違いないいんだケド！」

「あなたヒューマンドラマ映画見たことないの⁉」

「いや、あれサスペンスのコーナーにあったんだケド！」

「はあ⁉　……はあ⁉　知らないわよ！」

恐らくこの学校の二年生の中で、一番綺麗《きれい》な美人と、一番かわいいギャルが、二人並んでよく内容のつかめない口ゲンカをしながら、こちらへと向かってきた。

周りにいる生徒が一斉に、その二人の圧倒的な美貌《びぼう》と、壊滅的《かいめつてき》な口の悪さに注目を集める。

そんな金髪と黒髪の女子に巨乳があっけらかんと話しかける。

「カチョーに琵琶子《びわこ》ちゃんどうしたの、そんな朝から仲良さげに」

「奈央ぽん、これのどこが仲良く見えるってワケ⁉　ビワは透花《とうか》にムカついてるんだケド！」

「そうよ、奈央ちゃん！　私こそこの聞き分けの悪い金髪ギャルにムカついてるんだから！」

「まーまー、なにがあったか、このわたしに話してごらん」

なんか奈央が一番、大人に見える！

「昨日ね、ビワの部屋で透花と借りてきた映画見てたんだケド」

いや、めちゃくちゃ仲良しじゃねーか！

「そうそう、そのあとカラオケに行って、ひと通り歌ったあと、その映画の感想会になったのよ」

だから映画の感想会なんて仲良ししかしねーんだよ！　しかもちゃっかりカラオケ行くな！

「そうしたら透花がー！」「そうしたら琵琶子がー！」

もういいよ！　なんだよ！　初めからそれくらい仲良くしとけよ！　この夏の俺がしてきた奮闘《ふんとう》はなんだったんだよ！　恩ポイント二倍にしてよこせ！　もう還元しちゃったけど！

まあ、でもよかったよ。あんな怖いことがあったけれど、それをのり越えたからこそ、二人の友情はさらに深く結びついたのかもしれない。そして、二人が元気そうでなによりだ。

と、けっこういいこと思っているのに言い争いは止まらない。

俺は呆《あき》れながらも、二人のどーでもいーケンカを遮《さえぎ》って挨拶《あいさつ》をした。

「琵琶子先輩おはようございます」

「お、七《なな》のすけ、おはよーー！」

ケロッとした表情で明るく返してくれる琵琶子先輩。さすがギャル。

そういえば……と思い起こし、辺りを見回して琵琶子先輩のいつもの取りまきを探してみると、案の定、数人で目を丸くしながらこちらを見ていた。まあ、そうなるよな。この夏休みに彼女の交友関係になにが起こったのかと。うん、思うに違いない。

さて、もう一人挨拶をするべき先輩がいる。

課長と顔を合わすのはあの一件以来だ。

正直、気恥ずかしいが、変に動揺を見せるほうが気まずいだろう。ここは男らしく堂々といこう。

「課長もおはようございます！」

「………」

「課長……？」

「………」

無視されてる⁉

なんで⁉

と、思ったら、

「……おはよ」

小さいな声が聞こえた。よかった、無視されているわけではなさそうだ。

しかし、ホッとしていたのも束《つか》の間《ま》、課長は視線すら合わすことなく、スタスタと先に行ってしまった。

え？　やっぱり、なんか怒ってる？

「七のすけー、透花怒らしたワケー？　あの子怒ると怖いよー」

他人事《ひとごと》のようにニヒヒと笑って琵琶子先輩も課長の背中を追った。

立ち尽くす俺に二人の同級生が優しく両肩を叩《たた》く。

「七っち、まあ、人生いろいろだぜ」

「うん、七哉、どんまい」

俺なにかした⁉

も、も、も、もしかして、あの日、あの花火を見ながら、雰囲気に身を任せ、生意気にも部下が上司を抱きしめたいだなんて言ったから、冷静にあとから怒りが湧《わ》いてきたとか⁉

そ、そんなー！　この夏でグッと二人の距離が近付いたと思ってたの俺だけだったわけ⁉

くそー！　やっぱり女心わかんねー！

こうして、結局いつでも残念な俺の二学期は始まるのであった。

◆

私、上條《かみじょう》透花は動揺していた。二学期が始まり、琵琶子と一緒に登校してきたはいいが、まさか朝から七哉くんと鉢合わせるとは。

彼の顔が見れない。

見れるわけない。

あんなことがあったのに、恥ずかしくて見れるわけないじゃない！

抱きしめたのよ⁉　ハグしたの！　ああ、あのときの感触がまだ忘れられない！

しかし、しかしだ。

夏休みのあのときぶりに会った下野《しもの》七哉はなにごともなかったかのように、微塵《みじん》の動揺も見せずに挨拶をしてくるじゃないか。

え？　恥ずかしがってるの私だけ⁉

彼にとってはあんなこと気に留めるほどのことでもないってこと⁉

なんでそんな平気な顔で私のこと見てくるの⁉

だめだ、顔が熱い。

見れない。返事ができない。息ができない。

かろうじて出した言葉は、

「……おはよ」

これが精一杯だ。

だから私は逃げるようにその場を離れた。

てか、なんなのよあの態度！

花火のときのあれは私に好意を見せてくれたわけじゃなかったの⁉

いわゆるデレてくれたんじゃないの⁉

けっこうデレデレだったじゃない！

うームカつくー。この夏で一気に距離が縮まったと思っていたのは私だけらしい。
あー、やつの気持ちが読めない。
まったく、もう。
ドジな部下が私にデレデレする理由が、全然わからない。

あとがき

さて、カバーそでの話の続きですが、皆さん、夏と冬はどちらが恋の季節だと思いますか？

本編を読んでいただいた方が、迷いなく「夏！」と言えるような物語になっていればいいな、なんて思っている作者、徳山銀次郎《とくやまぎんじろう》でございます。まあ、私は冬派なんですがね。

学生時代の夏休みって長いですよね。そして、なんだかワクワクしますよね。

今年の夏はなにが起こるのだろう……もしかしたら、不思議なワープゲートが現れてそこから異世界への冒険が始まる？　はたまた山奥で超未来的なロボットを見つけてジュブナイル物語の開幕？　現実だって負けていない。強豪ライバル校との合同合宿で白熱の練習試合！いいや！　厳しい女上司と高校時代にタイムリープして再び送る夏休みライフでしょ！と、まあ、こんな感じで、私の中に渦巻《うずま》く青春パワーを炸裂させたのが今作となっております。

あいかわらず、じれったい七哉《ななや》と透花《とうか》の二人でしたが、さすが大人というか、人生経験を積んでいるだけあって、最後にはなかなか大胆なことをしていましたね。まだまだ大人の恋愛というには、ほど遠いでしょうが……。

意外とサクッと上手《うま》くいきそうな気もする七哉と透花の関係ですが、そうは言ってもあの二人ですからねぇ。よろしければ皆さんも、引き続き彼らの行く先を見守っていただければ幸いです。

二巻は新キャラが出たり、ラストをどうするかなど、担当さんに相談することも多く、いつも以上にお世話になりました。少しでも読者の皆さんに楽しんでもらえるよう、これからも一丸となって頑張っていきたいと思います。

そして、今回もイラストを担当していただいているよむ先生、本当にありがとうございます。お会いしたときにコッソリ、

「二巻でよむ先生に描いてもらいたいシーンがあるんですよー、うふふふふー」

と、気持ち悪さ全開でお伝えしていたのですが、もう、それはそれは最高なイラストを描いてくださり、この人は願いを叶《かな》えてくれる本物の神様なんだ！　と、私は上がってきたイラストに向けて、両手を合わせ拝《おが》みました。言うまでもなく透花がツインテールになっているバーベキューのシーンですね。透花のツインテール、破壊力すごすぎません？　よむ先生……いや、神様。ありがとうございます。

そのほか、たくさんの方々に支えられ、そして一巻の頃から応援していただいている読者の皆様の声援により、無事この二巻をお届けできたことに、深く感謝申し上げます。

今後とも、どうぞ、よろしくお願いいたします。

徳山銀次郎

ファンレター、作品の
ご感想をお待ちしています

〈あて先〉

〒106－0032
東京都港区六本木2－4－5
ＳＢクリエイティブ（株）
GA文庫編集部 気付

「徳山銀次郎先生」係
「よむ先生」係

本書に関するご意見・ご感想は
右の QR コードよりお寄せください。

※アクセスに発生する通信費等はご負担ください。

https://ga.sbcr.jp/

厳しい女上司が高校生に戻ったら俺にデレデレする理由 2 〜両片思いのやり直し高校生生活〜

発　行　　2021年4月30日　初版第一刷発行
著　者　　徳山銀次郎
発行人　　小川 淳

発行所　　SBクリエイティブ株式会社
〒106−0032
東京都港区六本木2−4−5
電話　03−5549−1201
03−5549−1167（編集）

装　丁　　杉山 絵

印刷・製本　中央精版印刷株式会社

ISBN978-4-8156-0809-5
Printed in Japan　　GA文庫